1974년 서울에서 태어났다. 『나의 린드그렌 선생님』을 필두로, 『일수의 탄생』, 『내 머리에 햇살 냄새』, 『마지막 이벤트』, 『드림 하우스』, 『우리 동네 미자 씨』, 『나도 편식할 거야』 등의 동화를 썼다. 청소년 소설 『변두리』, 『2미터 그리고 48시간』, 그림책 『나의 독산동』, 『심청전』, 『송아지똥』, 인물 이야기 『유관순』, 『제인 구달』 등에 글을 썼다. 『만국기 소년』으로 한국어린이도서상을, 『변두리』로 권정생 문학상을 받았다. 『멀쩡한 이유정』이 2010 IBBY(국제아동도서협의회) 어너리스트로 선정되기도 했다.

순례주택

순례주택
유은실 소설
비룡소

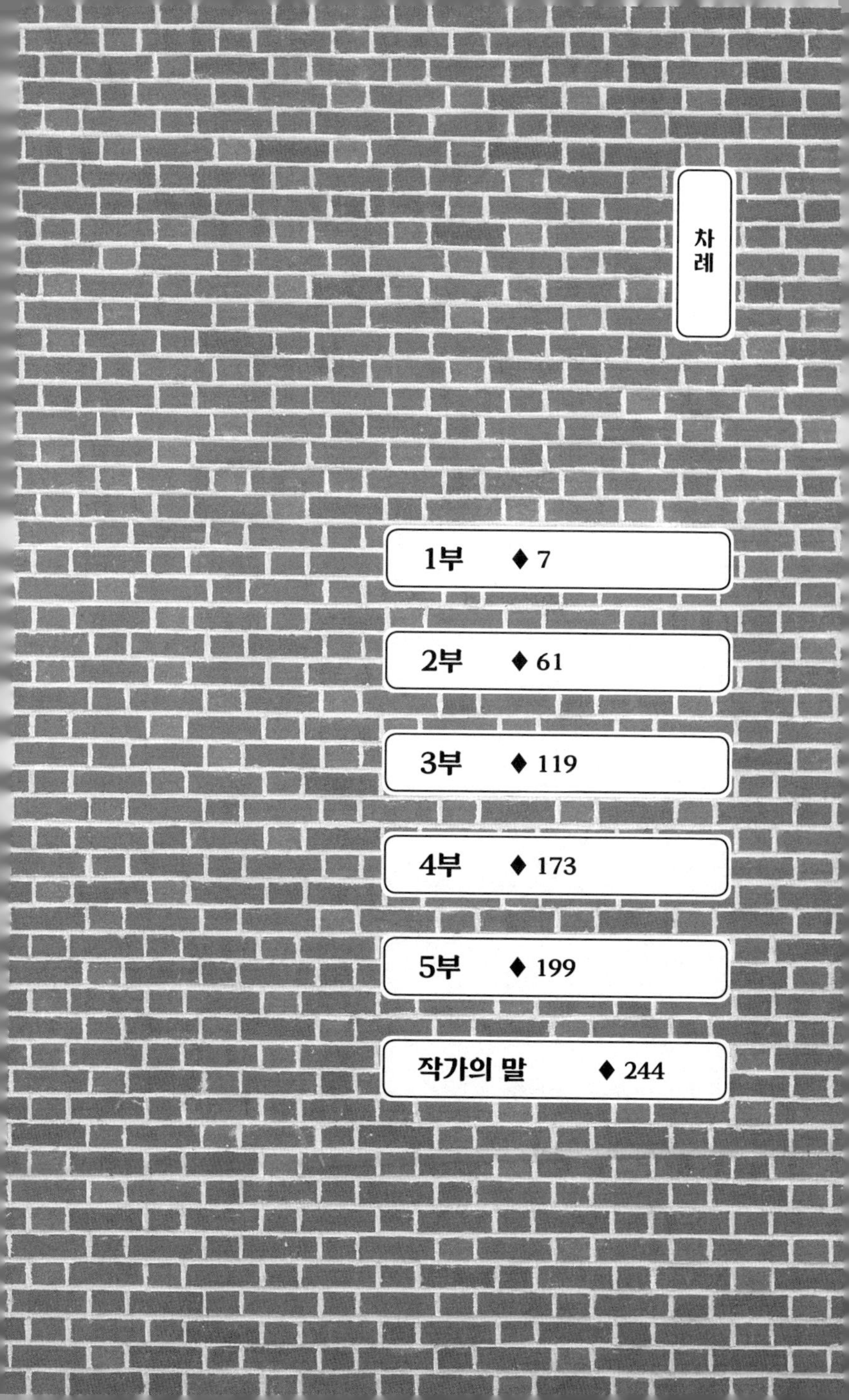

차례

1부

1

순례 주택 주소는 '거북로 12길 19(거북동)'이다. 거북역 3번 출구에서 도보로 오 분 거리다. 대지 면적은 72.5평, 필로티 구조의 4층 건물이다.

201호, 301호, 401호는 14평이다. 202호, 302호, 402호는 25평이고. 1층엔 12평짜리 상가가 하나 있다. 나머지 1층 공간은 주차장이다. 옥상엔 전망이 좋은 옥탑방이 있다. 통창으로 옥상 정원을 볼 수 있는데, 정원은 꽤 훌륭하다. 옥탑방엔 입주자가 없다. 입주민 공용 공간이다.

"순례 주택 들어가는 게, 장기 전세 붙는 것보다 어렵다니까."

거북 분식 사장님은 자주 투덜거린다. 건물주에게 여러

번 라면 사리 서비스를 줬지만 입주하지 못했다. 세입자들이 좀처럼 나가지 않기 때문이다. 순례 주택은 임대료가 싸다. 입주자는 와이파이, 옥탑방, 옥상 정원을 공유할 수 있다.

402호에 건물주 김순례 씨(75세)가 산다. 스물에 결혼하고, 서른다섯에 이혼했다. 슬하에 아들이 하나 있다. 이혼 후 연애를 몇 번 했다. 재혼은 하지 않았다.

순례 씨는 유능한 세신사였다. 때를 밀고 마사지해 달라는 손님이 줄을 섰다. 재능을 알고 시작한 건 아니었다. 혼자 아이를 키우며 살아 보려고 뛰어든 일이었다. 마흔다섯 살에 '구舊 순례 주택'(순례 주택 자리에 있던 1층 양옥집)을 샀다. 순례 씨는 그 집을 '때탑'이라고 불렀다. 때를 밀어 주고 번 돈으로 산 집이라고.

근처에 지하철역이 생기면서 때탑 시세가 배로 뛰었다. 너른 마당을 시에서 뚝 잘라 갔다. 도로를 확장한다고. 보상금이 꽤 많았다. 마음이 불편했다. 땀 흘리지 않고 돈을 버는 건 순례 씨 스타일이 아니었다. 십 년 전 때탑을 허물고 '현現 순례 주택'을 지었다. 임대료는 시세를 따라 정하지 않았다. 살아가는 데 필요한 만큼만 받았다.

1층 상가엔 십 년째 '조은영 헤어'가 입점해 있다. 원장 조은영 씨(47세)는 유일한 '더블 입주자'다. 1층은 미용실, 202호는 살림집.

"제가 어린 남매를 혼자 키우는데, 미용실 차리고 나니 돈을 더 빌릴 데도 없어요. 죄송하지만 보증금 없이 살림집 하나 월세로 주실 순 없을까요?"

십 년 전, 서른일곱의 조 원장이 순례 씨에게 부탁했다. 순례 씨는 흔쾌히 집을 내줬다. 보증금을 못 냈지만 월세를 더 받진 않았다. 조 원장은 이 년 만에 보증금을 채웠다. 삼 년 후엔 202호로 옮겼다. 202호는 방이 세 개라, 남매에게 하나씩 줄 수 있었다.

"우리 식구는 순례 주택을 딛고 일어섰어요."

조 원장이 자주 하는 말이다. 감사를 담아 여러 번 '무료 염색 및 파마'를 제안했다. 순례 씨는 번번이 손사래를 쳤다.

"세신사 하면서 물이랑 세제를 너무 많이 썼어. 염색이라도 안 하고 살고 싶어."

순례 씨는 백발이다. 사십 대에 머리가 세기 시작해서, 오십 대 중반에 백발이 되었다. 백발 때문에 일찌감치 노인이라는 오해를 받았다. 순례 씨는 오해를 즐겼다. 예순다섯 이

전에도 몸이 힘든 날은, 지하철 노약자석을 이용했다.

302호엔 홍길동 씨(66세)와 남편이 산다. 길동 씨는 순례 씨 전 직장 동료다. '구 순례 주택' 때부터 별채에 세를 살았다.

길동 씨 본명은 이군자(君子)다. '임금 같은 아들'을 기다리던 부모가, '남동생을 보라'는 뜻으로 지었다. 군자 씨는 이 년 전 요양보호사 필기시험을 보면서 생전 처음 OMR카드를 작성했다. 학원에서 연습을 했지만 무척 긴장됐다. 이름 예로 '홍길동'이 나왔는데, 자기 이름을 '홍길동'이라고 작성해 버렸다.

"내가 공부를 얼마나 열심히 했는데."

속상해서 울었다. OMR카드와 컴싸를 구입해 '이군자' 작성을 연습하며 재수를 준비하던 때, 합격 소식이 날아들었다. 무척 기뻤다. 순례 주택 사람들을 옥탑방으로 불러 족발을 쐈다.

"학원 선생 말로는, 자기 이름 홍길동이라고 쓴 사람이 꽤 있대. 홍길동들을 추적해 갖고 점수가 되면 합격시켜 준다네."

"아직도 홍길동을 빙자하는 인간이 많구나. 야, 홍길동."

순례 씨가 웃으며 말했다. 군자 씨는 '홍길동'이 마음에 들었다.

"내가 순례 언니 개명할 때 좀 부러웠는데, 그거 괜찮네. 이제 나는 홍길동이다. 길동 씨라고 불러 줘."

"아, 순례 씨 개명하셨구나. 개명한 이름이 뭐예요?"

조 원장이 물었다.

"김순례."

순례 씨가 대답했다.

"엥? 바꾼 이름이 김순례라고요?"

"응."

"원래 이름은?"

"김순례."

순례 씨는 개명을 했다. '순하고 예의바르다'는 뜻의 순례(順禮)에서 순례자(巡禮者)에서 따온 순례(巡禮)로. 나머지 인생을 '지구별을 여행하는 순례자'라는 마음으로 살고 싶어서.

401호엔 영선 씨가 혼자 산다. 영선 씨 나이와 직업은 순례 씨만 안다. 순례 씨가 알려 주지 않으니 다른 이들은 알 수가 없다. 영선 씨는 새벽 옥상을 좋아한다. 옥탑방에서 커피를 마시거나 옥상 정원을 산책한다. 다른 사람이 올라가면 목례를 하고 내려간다. 순례 주택 사람들은 되도록 영선 씨의 새벽을 방해하지 않는다. 옥탑방 커피머신 원두는 늘 영선 씨가 채워 놓는다.

301호엔 허성우 씨(44세)가 산다. 직업은 대학 시간 강사, 순례 주택 사람들은 '박사님'이라고 부른다.

박사님은 마주 보는 건물 옥탑방에 살았다. 거기서 순례 주택 옥상 정원을 보았다. 그곳을 공유하는 사람들도. 궁금해서 '조은영 헤어'에 커트하러 왔다가, 투룸 임대료를 듣고 놀랐다. 본인이 살고 있는 옥탑방과 비슷했으니까. 박사님은 그날로 입주 대기 줄을 섰다. 대기 삼 년 만에 들어와 오 년째 살고 있다.

박사님은 입주 청소 알바를 많이 해서, 청소를 잘한다. 순례 주택 계단과 엘리베이터 청소를 맡아서 한다. 한 가구당 2만 원씩 박사님에게 청소비를 낸다. 음식물 쓰레기 국물이나 아이스크림을 흘리면 박사님이 발견하기 전에 닦아야 한다. 닦지 않은 사람은 박사님에게 벌금 5천 원을 내는 게 '순례 주택 입주민 수칙'이니까.

201호엔 故 박승갑 씨(향년 75세)가 살았다. 승갑 씨는 우리 외할아버지다. 순례 씨의 오랜 연인이기도 했다.

할아버지는 거북 마을에서 오랫동안 전파사를 했다. 순례 씨는 성실하고 수줍은 전파사 주인이 마음에 들었다. 홀아비라는 걸 알고 작업을 걸었다. 둘은 이십 년을 함께했다. 내가 아는 최장수 연애 커플이다.

할아버지는 십칠 년 전에 전파사를 닫고, 인테리어 현장에서 전기공사 일을 했다. 가전제품, 가구, 찢어진 방충망, 고장 난 문고리…… 할아버지 손을 거치면 대부분 쓸 수 있는 상태가 되었다. 페인트칠도 잘하고 타일도 잘 붙였다. 막힌 하수구, 누수, 터진 실리콘까지 집수리는 대부분 할아버지가 해결했다.

"순례 언니, 정략 연애 한 거 아니야? 박 사장님한테 순례 주택 관리 공짜로 맡기려고."

길동 씨가 그러면

"응, 정략 연애."

순례 씨는 키득키득 웃으며 대답했다.

"정략 연애남, 안녕?"

순례 씨가 놀리면 할아버지는 진지한 얼굴이 되었다.

"정략 연애를…… 왜 저 같은 사람이랑 합니까…… 순례 씨가 손해 봤죠."

할아버지는 유머 감각이 꽝이었다. 꿈은 순례 씨보다 건강하게 오래 사는 거였다. 순례 씨가 나이 들어서 아플 때 간병해 주고 싶다고. 할아버지는 지난 1월 꿈을 이루지 못하고 돌아가셨다. 쓰러진 곳은 공사 현장, 사인은 급성심근경색이었다.

"호칭 정리가 안 된다. 이혼한 남편은 전남편이고, 깨진 남친은 전남친인데…… 사귀다 늙어서 죽은 남친은 뭐라고 불러야 하니?"

할아버지가 떠나고 얼마 안 되어, 순례 씨가 물었다.

"사별한 남친?"

"아, 그게 좋겠다. 똑똑한 거."

"순례 씨, 나도 호칭 정리가 안 돼. 난 순례 씨 사별한 남친의 손녀인가? 뭐가 복잡해."

"아, 그건 단순하게 정리하자."

"어떻게?"

"최측근. 너는 나의 최측근, 어때?"

나는 고개를 끄덕였다. 순례 씨의 최측근. 마음이 환해졌다. 내 마음은 순례 주택에서 자랐다. 행정상 주소는 늘 다른 곳이었지만.

2

내 이름은 오수림, 거북중학교 3학년이다. 주소는 거북 공원로 27, 103동 1504호(거북동, 원더 그랜디움)다. '원더'는 원더 건설에서 지어서 붙은 거고, '그랜디움'은 무슨 뜻인지 모르겠다. 거북역 2번 출구로 나오면 원더 그랜디움 정문이 보인다. 101동부터 109동까지, 모두 아홉 개 동으로 이루어져 있다. 낮은 동은 27층, 높은 동은 30층까지 있다.

103동 1504호에 가족이 산다. 원더 그랜디움에 거주하는 내 생물학적 가족. 주요 멤버는 엄마, 아빠, 언니다. 나는 1군들 사이에 어색하게 낀, 2군 후보 선수쯤 된다.

원더 그랜디움은 거북산 아래 '산세권', 거북역 근처 '역세권', 거북공원 옆 '팍세권', 단지 내에 구뫼초등학교가 있는 '학세권' 아파트다.

"빌라촌이랑 섞여서 집값이 더디게 올라. 섞이지만 않으면 딱인데."

그 말을 처음 들은 건 초등학교 1학년 때다. 엄마가 '빌라촌'이라고 하는 데는 순례 주택이 있는 '거북 마을'이다. '섞인다'고 하는 곳은 구뫼초등학교고. 구뫼초는 거북1동에 하나뿐인 초등학교다. 원더 그랜디움과 거북 마을 아이들이 함께 다닌다.

'섞이는 거랑 집값이 무슨 상관이지?'

어린 나는 이해가 되지 않았다. 지금도 마찬가지다.

아빠 오민택 씨(47세)는 대학 시간 강사다. 대학원 후배인 엄마와 서른 살에 결혼했다. 301호 박사님은 '집도 없고 돈도 잘 못 버는 시간 강사'라 결혼을 포기했다. 아빠는 포기하지 않았다. 신혼집은 장인에게 얹혀사는 것으로, 부족한 돈은 부모형제(부모, 장인, 네 명의 누나)에게 받아 쓰는 것으로 해결했다. 얹혀사는 딸 부부가 불편해서 할아버지는 두 달을 못 버티고 본인 집에서 나왔다.

"전임교수 될 때까지만 도와주세요."

아빠는 어른들에게 그렇게 부탁했다. 안타깝게도 십오 년째 전임교수가 되지 못했다. '거북 주공아파트'였던 장인어른 집이 재건축에 들어가자, 입주비를 받아 잠시 세를 살았다. 새 아파트 '원더 그랜디움'이 지어진 다음엔 얼른 들어갔다. 할아버진 '내 집을 무단 점거한 사위랑 딸 때문에 속이 터져 죽을 것 같다.'고 말하곤 했다.

재수, 삼수도 아니고 교수가 되려고 15수를 하고 있는 아빠가 가끔은 불쌍해 보인다. 커다란 가방을 메고 이른 새벽에 먼 학교에 가는 것도.

"오수림, 이 성적으로 서울 안에 있는 대학은 꿈도 못 꾼다. 한심한 성적이야."

그런 말을 할 때면 연민이 싹 가신다.

"아빠도 한심해. 장기 무단 점거자로 살잖아."

속으로만 그렇게 말한다. 친하지 않은 사람하고 싸우기 싫어서.

엄마 박영지 씨(43세)는 전업주부다. 입덧을 엄청 심하게 오래 하는 체질이다. 첫째인 언니를 낳고 녹초가 되었다. 언니는 잔병치레가 많은 아기라 더 힘들었다. 엎친 데 덮친 격으로 내가 생겼다. 언니가 생후 3개월이 되었을 때, 엄마는 또 지독한 입덧을 시작했다. 아빠가 낙태를 권했다. 엄마가 죽을까 봐.

"죽어도 낳을 거야. 실수로 생긴 애라도 내 자식이잖아."

엄마는 단호했다. 나는 언니가 태어난 지 355일 만에 태어났다. 언니 생일이 1월 초, 내 생일이 12월 말이었으면 동갑이 될 수도 있었다. 언니 생일은 2003년 1월 13일, 내 생일은 2004년 1월 3일. 아슬아슬하게 같은 학년을 면했다.

나는 3.05킬로그램의 건강한 아기로 태어났지만, 엄마 몸과 마음은 엉망진창이었다. 임신 우울, 산후 우울, 육아 우울 겸 임신 우울, 또다시 산후 우울……. 언니는 친가로, 나는 외할아버지 집으로 보내졌다. 외할아버지 집엔 정말 할아버지 혼자였다. 엄마는 외동딸이고 할머니는 일찍 돌아가셨으니까.

할아버지는 난감했다. 일을 그만두고 나를 키울 형편이 아니었다. 나를 안고 순례 씨에게 갔다. 순례 씨는 세신사 일을 막 그만두고 '즐거운 은퇴 생활'을 준비하고 있었다. 할아버지는 미안하고 부끄러웠다. 우리 엄마가 순례 씨를 '때밀이 아줌마', '동거녀'라 부르며 무례하게 굴어 왔으니까.

"아이고, 이뻐라."

순례 씨는 나를 따뜻하게 받아 주었다. 엄마가 조금 회복되자, 엄마 아빠는 언니를 친가에서 데려왔다. 언니가 밤마다 엄마를 찾고 울었기 때문이다. 나는 순례 씨와 할아버지 품에서 잘 지냈다. 잔병치레도 하지 않았다. 때탑 너른 마당에서 걸음마를 시작했다. 처음 한 말은 '맘마', 그다음은 '하부지'와 '스레시'였다. 두 돌이 되었을 땐 분명히 말했다.

"순례 씨!"

엄마는 몇 년에 걸쳐 조금씩 몸과 마음이 회복되었다. 나는 이미 때탑에 튼튼한 뿌리를 내려서, 엄마 아빠가 뽑아 갈 수 없는 상황이었다. 가끔 할아버지가 나를 데리고 엄마 아빠에게 가면 악을 쓰고 울었다.

"하부지, 순례 씨한테 갈 거야."

나는 여섯 살이 되어서야 엄마 아빠를 보고 울지 않았다. 일 년에 몇 번, 명절에 친척 만나듯 1군들에게 갔다. 무척 불편한 시간이었다. 언니는 장난감에 손도 못 대게 하고, 밤이 되면 순례 씨가 너무나 보고 싶었다.

나는 초등학교에 들어가면서 1군들과 합류했다. 엄마는 나와 친해지려고 나름 애를 썼다.

"너 마음은 순례 주택에 놓고, 몸만 온 애 같아."

엄마가 무척 똑똑하다는 생각이 들었다. 모호한 상황이 엄마 덕에 정리되었다. 엄마는 내가 부모와 애착 관계에 문제가 있다고 생각한다. 그런 애들은 부모의 관심을 끌려고 문제를 일으키는데, 나는 그마저도 하지 않는 '심각하게 무기력한 애'라고. 해마다 새로운 담임을 찾아가 같은 얘길 반복했다.

"수림이가 학교에서는 전혀 무기력하지 않습니다. 학급에서 생기는 많은 문제를 성숙하게 해결하는 아이인데요."

중2 담임이 엄마에게 그렇게 말했다고, 엄마가 알려 주었다.

"내 자식인데 내가 제일 잘 알지. 무기력하지 않은 애가 왜 성적이 그것밖에 안 돼."

엄마는 담임이 '학생 파악 능력'이 떨어진다고 한탄했다.

"엄마는 나를 잘 몰라. 성적은 공부머리가 달려서 그래. 열심히 해도 중간이야."

그렇게 말하려다 말았다. 엄마가 "내가 너를 왜 잘 몰라." 하고 우는 게 싫으니까. 엄마는 잘 운다. 내가 남의 자식 같아진 게 서럽다고. 어려서 나를 떼어 놓은 것에 대한 죄책감에서 벗어나지 못하는 것 같다. 그러지 않았으면 좋겠다. 나는 순례 씨와 할아버지 사랑으로 충분했다. 엄마를 좋아하진 않지만 깊이 감사드린다. 목숨 걸고 나를 낳았으니까.

언니 오미림(17세)은 거북고등학교 1학년이다. 사과와 배를 깎을 줄 모른다. 귤은 까먹는다. 거북중학교에서 종종 전교 1등을 했던 인물이다. 외고 입시에선 안타깝게 떨어졌다. 라면은 끓일 줄 모른다. 컵라면에 물을 부어 먹을 줄은 안다. 저밖에 모르는 인간으로, 자매애는 1도 없다. 태어난 해와 별자리까지 같은 '그레타 툰베리'는 기후변화를 막는 데 인생을 걸고 있지만, 오미림은 이산화탄소를 마구 배출하는 인생을 살고 있다. 부모가 태워 주는 자가용, 빵빵한 냉난방을 선호한다. 1회 용품을 줄여야 한다는 생각 역시 1도 없다. 오미림이 세상에서 제일 좋아하는 냄새는 '막 드라이클리닝을 하고 배달된 옷 냄새'다. '날마다 드라이클리닝 냄새가 가시지 않은 옷을 입고 BMW mini를 타고 출근하는 20대'가 되는 게 꿈이다.

"오미림, 그레타 툰베리 몰라?"

한번은 내가 물었더니

"알아, 수능 지문이나 구술 면접에 나올 것 같아서 알아 뒀어."

하고 대답했다.

"그렇게 아는 거 말고, 동갑내기가 환경 때문에 분투하는 데 애쓰는 흉내라도 좀 내지 그래?"

하고 말하려다 말았다. 오미림과 대화가 길어지면 싸움이 된다. 나는 친하지 않은 사람과 싸우기 싫다. 1군들과 있을 때는 '무기력증'으로 보이는 게 마음의 평화를 해치지 않는다.

그래도 오미림은 내 은인이다. 핸드폰엔 '은인'으로 저장했다. 오미림의 세 가지 은혜를 잊지 않으려고.

첫째, 오미림은 밤마다 우는 아기가 되어 주었다. 친할머니가 키울 수 없을 만큼 울어서 부모에게 갔다. 더 어린 내가 밀려났다. 덕분에 나는 순례 씨 품에서 자랄 수 있었다. 순례 씨 품은 부모보다 훨씬 넓다.

둘째, 나를 끈질기게 괴롭혔다. 엄마가 나에게 잘해 주는 꼴을 못 봤다. 덕분에 나는 거의 날마다 순례 주택에 갔다. 오미림이 괴롭히지 않았으면 엄마가 허락하지 않았을 거다.

셋째, 오미림은 부모의 기대를 채워 주었다. 부모의 스케줄대로 움직여 주고, 공부도 잘했다. 학원비도 많이 썼다. 덕분에 나는 스케줄 밖에서 자유와 평화를 누렸다.

"오수림 이 모지리야, 서른 명 중에 13등 하고도 사는 게 행복하냐?"

엄마는 내 2학년 1학기 기말 성적표를 보고 한숨을 쉬었다. 언니는 때마침 전교 2등 성적표를 가져왔다.

"행복해. 선생님이 쓴 글을 봐."

엄마 잔소리를 피하려고 한 말이 아니었다.

낙천적이고 성숙합니다. 생활지능이 높은 학생으로, 세상을 잘 헤쳐 나갈 것으로 기대됩니다.

담임 선생님이 써 준 두 줄 덕분에, 나는 사는 게 더 행복해졌다.

"생활지능이 뭔 소리야. 신형 가전제품에 탑재된 기능이야? 13등에 만족하니 발전이 있겠어? 문제 없는 집이 없다더니, 우리 집은 저거 하나가 문제야."

"엄마, 나 말고는 아무 문제가 없다고?"

어이가 없어서 되물었다.

"그래, 너 말고 무슨 문제가 있어?"

"하, 진짜 어이없다. 고개를 못 들고 다니게 사고를 쳐 놓고!"

나는 소리를 질렀다. 1군들이 한꺼번에 나를 공격했다. 중2병으로 감정 조절이 안 되는 버르장머리 없는 자식이라고.

'이 사람들은 내 친척이다, 친척이다. 사고를 친 건 먼 친척 짓이다. 친척 짓이다.'

1군들에게 열받을 때면 되뇌는 말로 마음을 다스렸다. 뭐가 부끄러운지 모르는 사람들과 가족으로 사는 건 부끄러운 일이다. 그게 부모라면 더욱.

엄마가 사고를 친 건 작년이었다. 나는 순례 주택 402호에 있었다. 저녁을 먹으며 뉴스를 봤다. 할아버지, 순례 씨, 나 셋이서. 특집 코너에 아파트촌 아이들이 빌라촌 아이들을 '빌거지'라고 놀리는 문제가 나왔다.

"순례 씨, 우리 학교만 안 그런가? 애들끼리 그런 말 안 해."

"그래, 어른이 문제야, 애들이 어디서 배웠겠니? 어른들한테 배운 거지."

얼굴이 모자이크 처리된 어른이 화면에 등장했다. 어딘가 익숙한 느낌이 들었다.

"솔직히 말해서, 빌라촌 애들이 관리가 잘 안 되는 건 사실이잖아요. 부모 입장에서 솔직히 말해서, 빌라촌 애들과 어울리는 게 걱정됩니다."

소름이 끼쳤다. 엄마였다. 음성을 변조했지만 알아볼 수밖에 없었다. 엄마는 '솔직히 말해서'로 말을 시작하는 버릇이 있다. '솔'에서 턱을 들었다 내리고 '서'에서 한 번 더 든다.

"니 엄마구나."

순례 씨가 입을 열었다.

"다른 사람은 못 알아보겠지?"

할아버지가 근심 어린 눈빛으로 나와 순례 씨를 돌아보았다.

"알아볼걸. 수림 엄마 '솔직히 말해서' 두 번 하면서, 턱 네 번 들었어. 장소도 딱 거북 마을 사거리네."

한숨이 나왔다. 엄마의 인터뷰 짤은 곳곳에 올랐다.

솔직히 말해서, 당신이 병맛

배경이 거북 사거리. 이 사람 원더 그랜디움 사는 거 아냐? 원더 그랜디움 망신시키지 마세요. - 원더 그랜디움 입주민

시원한 말씀. 빌라촌 애들이랑 섞이면 찝찝.

온오프라인이 엄마 짤로 뜨거웠다. 거북 마을 사람들도 그 짤을 많이 봤다. 우리 엄마라는 것도 알게 되었다. 여러 사람이 격분했다. 특별한 조치를 취하진 않았다.

"거북 마을에 나타나기만 해 봐. 소금을 뿌릴 거야."

원장님을 비롯한 몇몇이 응징을 예고했을 뿐.

특별한 조치를 취한 건 원더 그랜디움 입주민들이었다. 엄마의 사과를 요구하는 대자보가 붙었다. 엄마는 어쩔 수 없이 공개사과를 했다. '거북 원더 그랜디움 카페' 운영진을 그만두었다.

"솔직히 말해서, 길고양이 밥 주는 사람들이 나를 몰아내려고 꼬투리를 잡은 거야. 지들이 권력을 잡아서 우리 명품 원더 그랜디움을 길고양이 천국으로 만들려고. 솔직히 말해서, 내가 빌라촌에 대해서 뭐 틀린 소리 했어?"

엄마는 계속 솔직했다. 영원히 원더 그랜디움에 살며 거북 마을에 발도 들여놓지 않을 것처럼.

3

1학기 기말고사가 끝났다. 아침을 못 먹어서 배가 고프다. 1군들은 아침으로 시리얼과 우유를 먹곤 한다. 나는 못 먹는다. 배가 아프다. 수업 중간에 화장실을 가야 할 수도 있다. 1군들이 시리얼을 먹을 때, 엄마는 나에게 누룽지를 끓여 주곤 했다. 요새는 아무것도 하지 않는다. 엄마는 무지막지하게 불안하고, 엄청나게 화가 나고, 한없이 무기력한 시간을 보내고 있다.

나는 오미림처럼 챙겨 줘야 먹는 인간이 아니다. 누룽지, 즉석밥, 찬밥, 떡…… 아무거나 쌀로 된 것만 있으면 먹으려고 했다. 아무것도 없었다. 쌀통까지 비어 있었다. 한숨이 나왔다. 할아버지가 돌아가신 지 여섯 달, 원더 그랜디움

103동 1504호엔 쌀이 떨어졌다.

"오수림!"

진하가 나를 교문 앞에서 불렀다. 진하는 내 친구다. 순례 주택 202호에 사는 원장님 딸.

"너 또 고민하고 있지. 순례 주택으로 갈까 아파트로 갈까. 오수림은 이중 주거자. 가끔 부럽다니까. 이 몸은 갈 데가 순례 주택뿐이다."

진하가 키득거렸다.

"이 몸도 오늘은 순례 주택. 순례 씨랑 점심."

진하는 아직 모른다. 내 이중 주거가 곧 끝날지도 모른다는 걸.

"순례 씨가 점심 차려 준대?"

"응."

"그럼 해녀밥 먹겠네?"

"아마도."

진하는 순례 씨 음식을 '해녀밥'이라고 그런다. 해녀 박물관에서 본 해녀 밥상과 비슷하다고. 순례 씨는 십 분 내로 할 수 있는 요리를 좋아한다. 육수를 내는 건 본 적이 없다. 겨울엔 된장을 물에 풀어서 미역을 넣고 끓인다. 여름엔 찬

물에 된장을 풀고 불린 미역을 넣는다. 달걀은 언제나 프라이, 두부도 잘라서 구우면 끝이다. 나물 반찬은 아예 안 한다. 노동력을 착취하는 음식이라고 주장하며. 가끔 돼지고기를 삶는데, 도마에 썰어 그대로 상에 올린다. 생선구이는 프라이팬째 상에 오른다. 설거지는 적게, 시간은 빨리. 이게 모토니까. 밥상에서 제일 맛있는 건 김치다. 대부분 길동 씨가 준 거다. 나는 해녀밥을 잘 먹는다. 밥과 국만 있으면 같은 음식을 연달아 먹어도 괜찮다.

"오수림, 학원 방학 특강 국영수과 다 해?"

"너는?"

"나는 국영수만."

"어."

진하는 과학을 배울 필요가 없다. 초등학교 3학년 때부터 덕질하듯 공부했으니까. 가르치는 것도 잘한다. 내가 과학 70, 80점을 맞는 건 '시험 보기 전에 누굴 가르치면 정리가 잘 되는' 진하 덕분이다.

"오수림, 너 방학 특강 다 하냐고."

진하가 다시 물었다.

"아니."

"웬일. 너네 엄마가 방학 특강을 빼 주고."

엄마는 내 특강에 신경 쓸 겨를이 없다. 돈도 없고. 진하에게 털어놓을 때가 된 것 같다. 베프의 신상 변화를 다른 사람에게 듣게 할 순 없으니까.

"진하야, 있잖아…… 우리 망했거든."

"난 안 망함. 기말 좀 잘 봄."

진하는 '우리'를 우리 둘이라고 알아들었다.

"성적 말고, 우리 집이 망했다고."

"순례 씨가 망했다고?"

진하가 횡단보도를 건너다 갑자기 멈춰 서서 물었다. 이번엔 '우리'를 '순례 씨와 나'로 알아들었다.

"야, 여기서 서면 어떡해. 순례 씨가 왜 망해. 얼른 건너."

"깜짝이야."

나는 진하를 끌고 횡단보도를 건넜다.

"우리 집이 망했어. 원더 그랜디움 집."

"아, 거기. 거긴 니가 1군이라 그러잖아. 갑자기 우리라고 그러니까 못 알아듣지."

"진하야, 내가 왜 1군을 우리라고 하지?"

내가 뱉은 말이지만 이상했다.

"1군 누구 아파?"

진하가 물었다.

"아니."

"부모님 사업했어?"

"아니."

"그럼 보증이나 사기?"

"것도 아님."

"혹시 주식?"

나는 고개를 저었다.

"그럼…… 경마를 비롯한 도박?"

"암것도 안 했어."

"와…… 내가 어른들이 어떻게 망하는지 좀 알거든. 아빠가 다양하게 말아먹어서. 미용실에서 손님들 말 엿들은 것도 많고 말이야. 좀 독특하다. 아무도 안 아프고, 그런 거 다 안 하고도 망할 수 있어?"

"어, 쫄딱."

진하 얘길 듣고 나니 정리가 된다. 엄마 아빠는 아무것도 안 해서 망한 거다.

"수림아, 그럼 1군들 이제 아파트에서 못 살아?"

"어."

"우아, 대박 소식. 너네 엄마 아파트에서 못 살면 어떻게 하냐."

"그러게."

"솔직히 아줌마, 좀 불쌍하다."

거북 마을에서 엄마 별명은 '솔직히 아줌마'다. 인터뷰에서 '솔직히 말해서'라고 말한 다음에 얻은 거다. 거북 마을 사람들의 공분을 사던 엄마는 이제 연민을 사기 시작했다.

김밥 2 순대 1 거북 달아.

순례 씨에게 톡이 왔다. 순례 씨는 주로 조사와 어미가 빠진 톡을 보낸다. 자판 누르는 게 느리니까. 낯선 외국어나 신제품 이름은 앞부분만 쓸 때가 많다. '킬리만자로'는 '킬리만', '컬리플라워'는 '컬리프' 이렇게. 그건 자판 속도 때문이 아니다. 말도 그렇게 한다. 길고 낯선 단어가 정확하게 떠오르지 않아서 그런 것 같다. 순례 주택 사람들은 그걸 '순례어'라고 부른다. 내 뇌는 '순례어'의 빈 부분을 거의 자동으로 채워 넣는다.

"순례 씨가 김밥 두 줄에 순대 1인분, 거북 분식에 외상으로 달아 놓고 오래."

"해녀밥 안 먹겠네."

돈 있음

아침에 비상금을 들고 나왔다. 돌아가신 할아버지가 준 마지막 용돈 5만 원. 1군들에게 가는 길에 쌀을 사려고.

달 오늘 잔고 털

'달아 놓아, 오늘 갖다줄 거야. 잔고 털어야 돼.'라는 뜻이다. 순례 씨에겐 거의 매달 '잔고 시즌'이 온다. 새마을금고 입출금통장에 999만 9,999원이 있는 건 괜찮지만, 1,000만 원이 넘으면 안 된다. "내가 번 게 내 돈이 아니야. 내가 벌어서 내가 쓴 것만 내 돈이지. 내일 죽을지도 모르는데, 못 쓰고 죽으면 어떡하지?" 그러면서 털기 시작한다.

진하도 사 줄까?

"진하야, 순례 씨가 너랑 조 원장님도 사 주래."

"아싸. 감사 톡 날려야징."

내 주변에 돈이 많아 고민인 사람은 순례 씨뿐이다. 썩지 않는 쓰레기가 될 물건을 거의 사지 않는 사람도. 쇼핑을 싫어하는 순례 씨가 돈 쓸 데는 많지 않다. 꼭 필요한 물건은 자원 순환을 위해 중고로 산다. 차 타는 것도 싫어한다. 이산화탄소를 배출한다고. 썩지 않는 쓰레기, 이산화탄소를 마구 배출하는 인간들, 쓰고 남는 돈. 순례 씨의 3대 고민이다. 앞의 두 가지는 다른 사람도 알지만, 마지막 한 가지를 아는 사람은 나뿐이다. 삼십 년 지기인 길동 씨도 모른다. "언니는 한 달에 한 번씩 과일을 잔뜩 사다 준다니까. 국민연금 받았다고 쏘는 거지?" 그런다. 잔고 시즌을 아는 유일한 인간이 나라는 걸 생각하면, 마음이 꽉 찬 것 같다.

"수림아, 거북 사장님한테 말해도 돼?"

"뭘?"

"솔직히 아줌마, 이제 아파트에서 못 산다고."

"음…… 나 없을 때 해."

"왜?"

"사장님은 기쁠 것 같아. 내 앞이라 표정 관리가 힘드실 거 아냐."

진하가 고개를 끄덕였다.

"너는 좀 알지? 순례 씨 건물 또 어디 있어? 큰돈 들어오는 구멍이 있으니까 인심을 쓰고 살겠지."

거북 분식 사장님이 김밥을 말며 물었다. 순례 씨는 건물 부자로 소문이 났다. 임대료를 적게 받은 탓이다.

"몰라요."

거짓말이다. 나는 잘 안다. 다른 건물은 없다. 재산은 순례 주택, 입주자 보증금을 모아 놓은 정기예금, 입출금통장에 들어 있는 999만 9,999원 이하의 현금이 전부다.

"아, 저 학생이 그 유명한 순례 주택 손녀? 번호표 받고 오 년 대기해야 한다는 그 순례 주택?"

혼자 칼국수를 먹던 아저씨가 물었다.

"손녀 아닌데요."

진하가 대신 대답했다.

"그럼 누구?"

"애는 최측근이에요. 건물주 최측근."

진하가 또 대답했다. 나는 최측근답게 많은 것을 알고 있다. 최측근답게 함부로 발설하지 않는다.

"아, 그분의 최측근은 어떻게 하면 될 수 있지?"

아저씨는 끈덕지게 물었다. 우리는 더 이상 대답하지 않았다.

"수림아, 201호는 언제까지 비워 두신대? 할아버지를 아직 못 잊으시는 것 같아서, 궁금해도 물어볼 수가 있어야지."

사장님의 말에, 나는 고개를 갸우뚱하며 슬며시 웃었다. 마치 뭔가 알고 있는 듯이. 201호는 여섯 달째 비어 있다. 언제까지 비워 둘지 나도 모른다.

"수림아, 이건 서비스라고 꼭 말씀드려. 2인분 같은 1인분."

사장님은 간, 허파, 콩팥 등등 내장을 잔뜩 넣어 주었다.

"우리는 서비스 안 주세요?"

진하가 물었다.

"아, 너희는 십 년째 순례 주택 복지를 누리고 있는데, 서비스 안 줘도 된다. 조은영 원장은 조상이 나라를 구했나. 남들은 하나도 얻기 힘든 순례 주택을 말이야, 두 군데나 얻고."

사장님이 손사래를 쳤다.

"아아, 우리도 단골인데."

진하가 졸라도 소용없었다.

4

순례 주택 입구에서 402호로 가는 방법은 두 가지다. 엘리베이터, 그리고 계단. 순례 씨는 올라갈 땐 계단, 내려올 땐 엘리베이터를 이용한다. 작년까진 거의 계단으로 오르내렸다. 전기를 덜 쓰려고. 최근엔 의사한테 되도록 계단으로 내려가지 말라는 경고를 받았다. 무릎 연골이 많이 닳았기 때문이다.

나도 순례 씨처럼 계단으로 402호와 옥탑방을 오가곤 했다. 할아버지가 돌아가신 다음엔 엘리베이터를 이용한다. 201호 현관문을 보면 슬퍼지니까.

"우리 수림이 왔어?"

402호에서 익숙한 냄새가 났다. 된장과 미역이 섞인 냄새. 순례 씨는 김밥을 먹을 때도 국물을 준비한다. 국을 좋아하는 나를 위해서.

"수림아, 여기 봐."

순례 씨가 신발장 서랍을 열었다. 구둣솔 옆에 서류봉투가 들어 있었다.

"그게 뭔데?"

"종신보험."

"그걸 왜 거기다 뒀어?"

"어 그냥, 찾기 쉬우라고. 길동이한테도 말해 뒀어. 연명 치료 그거, 알고 있지?"

'연명 치료 그거'는 '연명 치료 거부 의향서'다. 할아버지와 순례 씨가 지난해 등록해 놓은. 할아버지는 연명 치료를 고민할 겨를도 없이 돌아가셨다.

"순례 씨, 어디 아파?"

"아니. 언제 쓰러져도 이상하지 않은 나이잖아."

내가 가장 두려워하는 말이 나왔다. 순례 씨까지 없는 세상에 혼자 남는 것. 할아버지가 돌아가신 다음 종종 악몽을 꾼다. 순례 주택을 아무리 뒤져도 순례 씨가 없는 꿈, 할아버지와 순례 씨가 행방불명되는 꿈, 1군들이 402호를 무단 점거하는 꿈.

"수림아, 이거 1인분 맞냐?"

"아, 내장은 서비스라고 말씀드리래. 2인분 같은 1인분."

"이놈의 비니루, 호일. 무르팍 안 아팠으면 줄였을 것을."

순례 씨는 빈 반찬통을 들고 음식을 사러 간다. 비닐과 플라스틱 사용을 줄이려고. 머리가 허연 할머니가 유행이 한참 지난 옷을 입고, 통에다 음식을 담아, 너덜너덜한 장바구니에 담으니…… 잘 모르는 사람은 엄청 가난한 노인인 줄 안다.

"수림아, 승갑 씨가 야채 김밥 주문했는데 거북 분식에서 참치 김밥 준 거 생각나니?"

"엉."

"승갑 씨가 그때 500원 더 주고 왔잖아."

"할아버지 보고 싶다."

"나도."

할아버지는 정직한 사람이었다. 재료를 속이거나 대강 공사하는 일이 없었다. 쉽게 돈 벌려는 사람을 싫어했다. 일흔다섯까지 땀 흘려 일하며 살았다. 그런 할아버지가 '연 12프로 수익'에 혹해 태양광 발전에 뛰어들었다는 게 믿기지 않는다. 할아버지는 투자만 한 게 아니었다. 사기꾼에게 속아 명의를 빌려줬다. 재산은 모두 은행과 사기를 친 사람들 몫이 되었다. 그래도 빚이 남았다. 상속을 포기하지 않으면 빚을 갚아야 했다. 피상속인 박승갑의 상속인들은 상속을 포기했다. 나는 '피상속인', '직계비속', '직계존속', '방계혈족'이 무슨 뜻인지 알게 되었다.(나는 할아버지의 직계비속이다.) '채권자의 저당권 실행'이 피상속인 집에 사는 직계비속에게 미치는 영향도 알게 되었다. 피상속인의 집, 원더 그랜디움 103동 1504호는 경매로 넘어갔다. 1군들이 살 수 있는 시간은, 앞으로 딱 3주다.

"순례 씨, 할아버지가 몰래 태양광에 투자해서 서운한 거 없어?"

"없어. 자기가 번 돈 자기가 날렸는데 뭐."

"정말?"

"서운한 건 없는데 마음이 좀 아파."

"왜?"

"나한테 말도 못하고…… 늙어서 전기 공사 못하면…… 너희 식구들 돈 못 대 줄까 봐 혼자 고민한 게 불쌍해."

순례 씨가 쓴웃음을 지었다. 순례 씨는 '측근들과 얄미운 사람 흉보기'를 좋아한다. 최측근인 나는 전남편의 만행까지 알고 있다. 하지만 1군들에 대해서는 나쁜 얘기를 한 적이 없다. 나를 배려해서 참았을 거다.

할아버지가 돌아가신 다음 날, 엄마는 나를 순례 주택에 보냈다. 할아버지 보험증권, 통장, 현금, 귀금속을 찾아오라고. 그때까진 '태양광 사기'를 몰랐다. (여러 정황상 할아버지도 사기를 당한 줄 모르고 돌아가신 것으로 짐작된다.) 엄마는 아파트, 현금, 귀금속, 사망보험금 같은 걸 상속받을 거라 기대하고 있었고.

귀금속, 현금, 보험증권은 없었다. 보험을 해지했다는 증명서와 지난 이십 년간 사용한 통장, 장부, 의료보험증이 남아 있었다. 돌아가시기 일주일 전에 마지막으로 정리한 통장은 마이너스였다. 의료보험증 주소는 원더 그랜디움, 부양가족으로 1군들과 내가 달려 있었다. 장부에는 매달 수입과 지출 합계가 적혀 있었다. 지출 합계 아래에는 엄마에게 보낸 돈 합계가 따로 적혀 있었다.

(영지: 70만 원)

이런 식으로. 적은 달은 50만 원, 많은 달은 300만 원이었다. 나는 계산기 앱을 켰다. 돈을 다 더했다. '어제 할아버지가 돌아가셨는데, 나는 지금 뭐 하고 있는 거지?' 하는 생각이 들었다. 그래도 끝까지 했다. 할아버지는 십칠 년에 걸쳐 엄마에게 4억 2,730만 원을 보냈다. 보험을 깬 돈으로 송금한 흔적도 있었다. 순례 씨에게 보낸 건 201호 보증금, 201호 월세, 수림 이렇게 세 가지였다. '수림' 항목은 끝자리가 10원 단위로 떨어지는 게 많았다. 내 분윳값이랑 기저귀, 병원비 등이었던 것 같다. 내가 여덟 살이 되던 해를 끝으로 더 이상 '수림'은 없었다. "우리 아빠가 일당이 꽤 많은 기술잔데 왜 자꾸 돈이 없다고 하지? 그 여자한테 몰래 주나?", "수림이를 그냥 키웠겠어? 우리 아빠한테 돈 받았지." 엄마가 순례 씨에 대해서 했던 말들이 떠올랐다. 난 장부의 모든 면과 보험 해지 증명서를 사진으로 찍었다. 200장이 넘었지만 다 찍었다. 내 노트북과 인터넷 저장 공간에 담았다. 순례 씨가 할아버지 돈을 빼돌렸다고, 엄마가 허위사실을 말할 때 증거로 쓰려고.

"너 오늘 왜 먹는 게 션찮아? 아침 많이 먹었어?"

순례 씨가 돼지 허파를 숟가락에 얹어 주며 물었다.

"중요한 부탁이 있어서."

"뭐?"

"나 키우느라고 놀지도 못하고."

"뭔 소리래?"

"나 때문에 유럽도 못 가고. 은퇴한 사람들이 걷는 길, 유럽에 있는 순례자의 길 가고 싶었다며."

"뭐, 신문에서 보고 잠깐 가고 싶었지. 그리고 순례자의 길 걸어야 순롄가. 나는 그런 길 안 걸어도 원래 순례야."

"나 키우느라고 돈도 많이 들었지?"

"돈이야 다 못 쓰고 죽을까 봐 걱정인데."

"나 업어 주느라고…… 무릎 나빠진 것 같고."

"너 안 업었어도 늙으면 나빠져."

"1군들은 감사할 줄 모르고."

"……."

"순례 씨는 바보야."

"공치사하려고 키웠나? 내가 선택한 길이야. 왜 네 맘대로 바보 같다고 판단해. 이봐, 최측근?"

"응."

"최측근, 오늘 왜 그래?"

순례 씨가 젓가락을 놓았다.

"……"

입이 안 떨어졌다. 내가 온통 순례 씨 짐인 것 같았다. 즐거운 은퇴 생활을 방해한 생후 십오 일부터.

"최측근? 빙빙 돌지 말고 중요한 부탁을 얘기해."

순례 씨가 살그머니 내 손을 잡았다. 손을 잡으니까 조금 용기가 났다. 나는 입을 열었다.

"나 고등학교 졸업할 때까지만 여기 살게 해 줘. 용돈은 벌어서 쓸게. 알바해서."

"가출하려고?"

"아니. 1군들이 월세 보증금도 없대. 같이 살기 싫던 사람들이야. 내가 떨어져 나간다면 못 이기는 척 놓아줄 듯. 엄마 아빠는 오미림만 있으면 됨."

"네 부모가, 몇백도 없다고?"

"어."

나는 순례 씨에게 그동안 1군들에게 일어난 일을 털어놓았다. 상속포기를 할 수밖에 없다는 걸 안 순간부터 쌀이 떨어진 오늘 아침까지의 일을.

할아버지라는 자금줄이 끊긴 후, 1군들의 삶은 급격하게 피폐해졌다. 깨서 쓸 보험은 하나도 없었다. 오미림과 내 돌

반지를 팔아서 생활비로 썼다. 자동차 할부금을 내지 못해, 남은 할부금과 함께 중고차로 넘겼다. 엄마의 분노는 '태양광 사기'로 향했다. 햇빛만 보면 화가 난다고 집에 틀어박혔다. 아빠는 절망을 달래려 술을 마셨다. 오미림은 학원비가 밀렸다고 징징댔다. 나는 "정신 차립시다. 모두 나가서 알바하자!"고 외쳤다. 엄마는 "수림이 말 때문에 죽고 싶다."고 울었고, 오미림은 "우울한 엄마에게 잔인한 말을 했다."고 화를 냈다. 아빠는 "내가 자식한테 저런 얘길 듣고 산다는 게 슬퍼서" 술을 더 마셨다. 나는 주민센터에 가서 '긴급생계지원'을 받으라고 했다. 박사님이 강의를 못 받은 학기에, 그 도움을 받은 기억이 났기 때문이었다. "우리가 생활보호대상자야?" 오미림이 악을 썼다. "주민센터 사회복지과에 미림이 반 모임 학부모 있는데, 나보고 거길 가라고?" 엄마도 악을 썼다. 아빠가 그 말을 또 꺼내면 가만두지 않겠다고 으름장을 놓았다.

아빠는 고모들에게 계속 도움을 요청했다. 아빠는 교수가 되기 위해 방학 때 논문을 더 써야 하고, 엄마는 할아버지를 잃은 충격 때문에 돈 버는 일을 할 수 없다고. 오미림은 서연고를 갈 만큼 공부를 잘하는데 학원을 끊을 수가 없고, 나는 공부를 너무 못해서 학원을 보내야 한다고. 내가 "아빠, 아직도 셋집을 안 알아보면 어떡해?" 하고 물으면, "넌 그런 거 신경 쓰지 말고 성적이나 올려라." 하는 소리만 했다. 아빠는 계속 고모들에게 찾아가고, 전화하고, 카톡을 보내는 것 같았다. 그래도 고모들은 돈을 주지 않았다. 어제는 겉봉에 '내용증명' 도장이 찍힌 우편물이 왔다. 발신인은 큰고모였다.

네 학비를 댄 걸 후회한다. 내가 공부할걸 그랬다. - 큰누나

어렸을 때 너에게 계란과 우유를 양보한 걸 후회한다. 나는 벌써 골다공증이다. - 둘째 누나

네가 명문대 나왔다고 자랑한 걸 후회한다. 네가 나온 학교가 명문이 아니거나, 네가 제대로 배운 사람이 아닌 거다. - 셋째 누나

부모님께 용돈 드린 걸 후회한다. 부모님이 너에게 다 뜯겼지. 돌아가신 부모님 병원비는 결국 누나들이 냈다. -넷째 누나.

너에겐 10원도 더 안 준다. 연락하지 마라. - 누나들

아빠는 편지를 받고 나서야 집을 알아보러 나갔다. 늦은 밤 돌아온 아빠는 거북동에 보증금 없이 갈 수 있는 곳은 고시원뿐이라고 털어놓았다. 아니면 일 년 치 월세를 미리 내야 하는데, 반지하 원룸도 500만 원이 넘는다고. 엄마는 통곡했다. 1군들은 서로를 위로하며 태양광 사기꾼과 고모들을 원망했다. 돌아가신 할아버지는 다시 한번 직계비속들의 인생을 망쳐 놓은 노인으로 소환됐다. "이 지경이 되도록 뭐 했어?" 하고 싸움을 거는 사람은 아무도 없었다. 이 지경이 되어도 끈끈한 그들이 기괴해서, 나는 멀찍이 서 있었다.

"수림아, 그 내용증명 사진으로 찍어 뒀니?"

조용히 내 말을 듣던 순례 씨가 입을 열었다.

"응."

"내가 봐도 될까?"

나는 사진 파일을 열었다. 확대해서 보여 주었다. 순례 씨는 천천히 고모들 편지를 읽었다. 그리고 다시 입을 열었다.

"넌, 괜찮아?"

"뭐?"

"이렇게 가난해진 상황 말이야."

"어. 그냥 뭐랄까…… 땅에 닿은 느낌?"

"바닥에 떨어진 것 같아?"

"아니, 나쁜 의미로 땅에 떨어진 게 아니라……."

나는 순례 씨가 오해하지 않도록 '땅에 닿은 느낌'을 설명했다. 절망보다는 편안함에 가까운 그것에 대해. 어렸을 땐 순례 주택에만 오면 편안했다. 몸과 마음에 모든 긴장을 풀고 지냈다. 초등학교 고학년이 되면서 어렴풋이, 내가 아파트에서 누리는 것들—산이 보이는 넓고 환한 집, 내 방, 좋은 음식, 학원 등등—에 할아버지가 힘들게 일해서 번 돈이 녹아 있다는 걸 알게 되었다. 친할머니와 고모들에게 상당한 부담을 주며 사는 것도. 할아버지 지친 모습을 보는 게 문득문득 불편해졌다. 내 방 창문으로 쏟아져 들어오는 햇빛, 거북산의 아름다움을 마음껏 누릴 수가 없었다. 15층만큼이나 허공에 떠 있는 느낌이었다.

"엄마, 할아버지한테 이 집 돌려드리고, 우린 다른 데서 살면 안 돼? 다른 애들처럼 엄마 아빠가 번 돈으로." 초등학교 6학년 때 그 말을 꺼냈다가, 애먼 순례 씨에게 화살이 날아갔다. "그 여자가 너한테 그런 얘기 했구나? 여긴 내 집이야. 우리 아빠 집이라고. 그 여자가 우리 내쫓고 여기서 우리 아빠랑 살려고 하는구나. 우리 아빠 돈도 자기가 다 갖고."

엄마가 씩씩댔다. 엄마는 짐작을 사실로 믿는 경우가 많은데, 순례 씨가 그런 말을 안 했다고 해도 믿지 않았다. '할아버지 집'이 존재하지 않는 이제야 허공에 있던 발이 땅에 닿는 느낌이다. 추락하는 중에 치명상을 입지만 않는다면 곧 땅을 딛고 설 수 있을 것 같았다.

"아, 그렇게 땅바닥에 닿은 느낌이구나. 나쁘지 않아."

순례 씨가 고개를 끄덕였다. 그러고는 내 얼굴을 들여다보았다.

"수림아, 어떤 사람이 어른인지 아니?"

순례 씨가 대답 대신 질문을 했다.

"글쎄."

막연했다. 순례 씨, 길동 씨 부부, 박사님, 원장님, 2학년 담임쌤…… 주변에 있는 좋은 어른은 금세 꼽을 수 있지만.

"자기 힘으로 살아 보려고 애쓰는 사람이야."

"순례 씨 생각 동의."

주변에 있는 좋은 어른들은 자기 힘으로 살려고 애쓴다. 다른 사람을 도우면서.

"너희 집에 열여섯부터 알바해서, 스물엔 독립하겠다는 사람이 누가 있을까?"

"음…… 나."

"그렇지. 내가 볼 땐 수림이 너 하나만 어른 같다. 현재까진."

"……."

"수림아, 그런데 네가, 아직 어린 부모와 언니를 두고 혼자 나오겠다고?"

"철없는 부모랑 오미림을 책임질 수는 없잖아. 난 겨우 열여섯이야."

"수림아 있잖아, 한번은 식당에서 옆에 있는 부부 모임 얘기 듣고 깜짝 놀랐어. 늙은 부모가 차를 뽑아 줬다, 애들 학원비를 줬다, 매달 생활비를 받는다……. 그런 걸 자랑이라고 하고 있대. 부모 도움 없이 살기 힘든 세상이지만, 마흔 넘어 보이는 사람들이 부끄러운 줄 모르고 떠들더만. 아주 '누가 누가 더 어린가' 내기를 하고 있더라고. 네 엄마 아빠가 그런 이들이랑 어울렸나 싶다."

"맞아."

나는 '누가 누가 더 어린가' 내기를 여러 번 보았다. 엄마 아빠도 그들 속에 있었다. 그렇다고 엄마 아빠가 어른스럽지 못한 게 그들 탓이라고 단정하긴 싫다. '친구를 잘못 사귀어서 우리 애가 문제를 일으켰다'는 어른들 논리와 다를 바 없으니까.

"수림아, 승갑 씨 곁에 있으면서 내가 잘못한 게 그거 같아. 딸한테 뜯기고 살게 둔 거. 돈 주지 말라고 하면 내가 재산 욕심 있는 걸로 오해받을까 봐…… 한두 번 말하고 말았지. 승갑 씨는 딸이 힘들다고 하니까, 재건축 할 때 잠깐 이사하는 것도 알아봐 줬어. 네 부모는 지금껏 저절로 살 곳이 생기는 세상을 살았지. 맘대로 아버지 돈 쓰는 세상만 산 거야. 승갑 씨가 그 사람들 철들 기회를 뺏었는지도 몰라."

"할아버진 왜 그랬을까?"

"승갑 씨는 젊어서 아내와 사별했잖아. 겁이 많았지. 네 엄마 몸 약하다고 걱정 많이 하고. 연달아 애 낳고 우울증 왔을 땐, 아유…… 그 사람 제정신이 아니었어. 딸 부탁 안 들어주면 우울증 재발하지 않을까, 엄마 닮아서 일찍 죽지 않을까…… 죽을 때까지 그 걱정이었지."

"우리 엄마 이젠 건강한데. 감기도 잘 안 걸려."

"다행이네."

"고시원에서 살면 철 좀 들지 않을까?"

"그럴 수도 있지만…… 온실에서 죽 살던 사람을 갑자기

벌판에 데려다 놓을 순 없는 거야. 말라비틀어져서 회복이 더 어려워질 수도 있어."

"……."

"수림아, 우리 그 사람들 온실 밖에서 적응 훈련하게 도와주자."

"우리?"

"응."

"나랑 순례 씨?"

"응."

"무슨 수로?"

"201호로 데리고 들어와. 보증금 없이 월세 계약 해 줄게."

순례 씨가 별일 아닌 듯 말했다. 저녁에 고등어를 먹을까, 갈치를 먹을까 얘기하듯. 불쑥 화가 났다. "순례 씨는 호구야? 나 거저 키워 주고, 할아버지한테 집 싸게 빌려주고, 할아버지 돈 받는다고 의심받고, 이젠 그 진상들을 데리고 와 속을 썩겠다고?" 하고 말해 버릴 줄 알았다. 그런데…… 입에서 딴소리가 나왔다.

"감사합니다."

눈물이 핑 돌았다. 부표를 잡고 표류하던 1군들을 구조한 느낌이 들었다. 201호로 데려올 수 있다는 사실에 안도하는 내 마음이라니!

"수림아, 아파트에서 살 수 있는 날이 얼마 남았다고?"

"3주."

"3주? 아이고 코앞이네."

순례 씨가 서랍에서 줄자를 꺼내 주었다. 공사 현장에서나 쓸 것 같은 꽤 묵직한 거다. 순례 씨는 처음 집을 보러 온 사람에게 줄자를 빌려주곤 한다. 정확한 벽 길이를 재야 이사 준비를 잘 할 수 있다고.

"네 부모가 스스로 해 봐야 크는데, 시간이 정말 얼마 안 남았다. 이번 이사는 네가 나서야겠다."

"내가?"

"응."

"내 말을 들을지 모르겠어. 내가 모자란다고 생각하거든."

"누가?"

순례 씨가 인상을 찌푸렸다.

"1군들 모두."

"뭐? 우리 수림이한테 모자란다니! 확, 세 안 줘 버릴까?"

"아니 아니, 제발."

나는 순례 씨 팔을 잡았다. 서로를 배려해 말하지 않은 것들이 도움이 되지 않았다는 생각이 들었다. 우리에게도, 1군들에게도.

"순례 씨, 지금 상황에 1군들은 뭘 해야 하지?"

"일단 이사할 집 도면을 그려야지. 정확히 알아야 어떻게 살림을 놓고 살지 준비가 되잖아. 그리고 바로 계약서 써야지. 내 맘 바뀌면 어째."

"그다음엔?"

"이삿짐센터 견적 봐. 이삿날 잡고. 날에 따라 값이 많이 달라. '손 없는 날' 걸리면 큰일이지. 가져올 수 없는 살림은 팔아. 못 파는 건 그냥 가져가겠다는 이 있으면 줘 버려. 폐기물 딱지값도 아껴야 하는 형편이네."

"그렇지."

한숨이 나왔다. 나는 왼손에 쥔 줄자 끄트머리를 오른손으로 당겼다가 툭 놓았다. 순례 씨에겐 크고 튼튼한 줄자가 있다. 문득 줄자가 '어른다움'의 상징처럼 느껴졌다.

"순례 씨, 이 줄자 할아버지가 준 거야?"

"응."

"왜 엄마한테는 안 줬을까?"

"그건 모르지."

"할아버지가 그냥 줬어?"

"아니, 내가 크리스 선물로 사 달라고 했어."

"그렇구나."

나는 줄자를 당겼다가 툭 놓는 걸 반복했다. 순례 씨와 402호에서 사는 꿈이 날아간 게 조금 슬펐다. 할아버지 손길이 닿은 물건을 들고, 할아버지가 살던 공간을 보러 가야 한다는 것도. 나는 줄자를 들고 일어섰다.

"순례 씨, 이 줄자는 이사 마치고 돌려줄게. 1군들도 써 보게 하고 싶어."

"응, 꼭 돌려줘. 내 마지막 남자가 준 거니까. 현재로서는."

"또 연애하려고?"

"모르지."

순례 씨가 웃었다. 나도 마주 보며 웃었다.

"순례 씨, 이 은혜 안 잊을게. 1군들은 잊어도, 나는 안 잊을게."

나는 순례 씨를 꼭 안았다. 순례 씨는 예전보다 덜 폭신해졌다. 할아버지가 돌아가신 다음에 좀 말랐다.

"우리 사이에 뭘."

나는 순례 씨와 '우리'다. 그러니까 앞으로 어떤 일이 있어도 쓰러지지 않을 거다.

"오늘 계약하러 와도 돼."

"응."

나는 할아버지가 돌아가신 후 처음으로 계단을 밟아 내려갔다. 줄자로 201호 공간 재기, 순례 주택 생활 수칙 안내, 이삿짐센터 견적 보기, 저렴한 이삿날 잡기, 중고나라에 살림 팔기, 인터넷 중고서점에 책 팔기, 201호 청소……. 해야 할 일이 말려 있던 줄자를 당긴 것처럼 주르륵 펼쳐졌다.

2부

5

쌀 2킬로그램을 사서 1군들에게 갔다. 쌀은 작은 포장일수록 킬로그램당 가격이 비싸다. 그래도 작은 포장을 샀다. 1군들에게 필요한 건 현금이니까. 돌려막고 있는 카드값, 이삿짐센터에 줄 돈, 밀린 공과금……. 순례 씨가 보증금을 받지 않아도 현금 난은 심각하다.

"안녕하세요."

1504호 앞을 청소하고 있는 아주머니께 인사했다.

"어, 덥다 더워."

아주머니가 수건으로 땀을 닦으며 말했다. 아주머니는 거북 마을에 산다. 순례 주택 옆 골목 '푸른 빌라'. 아주머니는 조은영 헤어 단골이다. 순례 주택 사람들은 '혜미 엄마'라고 부른다.

"수림아, 소식 들었다. 어떡해."

"예?"

"이 집 경매로 넘어갔다며."

"네에."

"니 엄마 콧대에, 참."

아주머니는 엄마에게 크게 당한 적이 있다. 엄마가 아주머니를 해고하라고 난리를 친 거다. 103동엔 복도에 담배꽁초를 버리는 사람, 음식물 쓰레기 국물을 떨어뜨리는 사람, 아이스크림을 먹다 흘려 놓고 치우지 않은 사람들이 있었다. 아주머니는 참다못해 아이스크림을 흘리면서 먹는 오미림에게 한마디를 했는데, 오미림은 그걸 엄마에게 일렀고, 엄마는 관리소장에게 가서 난리를 쳤다. 문제는 아주머니가 사과하면서 끝났다. 불친절해서 미안하다고. 어처구니없는 일이었다.

"어디로 이사하니?"

아주머니가 물었다.

"거북 마을로 갈 것 같아요."

"계약했어?"

“곧 할 것 같아요.”

“빌라촌 그렇게 무시하더니 우리 동네 와서 어떻게 산대.”

아주머니가 손걸레로 난간을 닦으며 올라갔다.

“이사 잘 해라.”

아주머니가 손을 흔들었다. 나는 현관 안으로 들어왔다. 아주머니 콧노래가 문 안쪽까지 들렸다.

“사노라면 언젠가는, 조오은 날도 오겠지.”

아주머니에게도 진상 입주자가 떠나는 날이 왔다. 그것도 아주머니가 사는 동네에, 훨씬 가난한 세입자가 되어.

아파트엔 오미림 혼자였다. 눈이 부은 채 소파에 누워 있었다. 많이 운 것 같았다. 나는 식탁 위에 쌀과 201호 도면을 올려놓았다.

“엄마 없네. 웬일?”

“아빠랑 집 구하러.”

“구했대?”

“차인리까지 갔대.”

차인리는 거북 사거리에서 버스를 타고 갈 수 있는 도시

외곽이다. 논밭과 창고, 공장 사이에 오래된 단독주택과 빌라가 있다. 거북 마을에서 월세 보증금까지 까먹은 사람들이 차인리로 가곤 한다. 교통이 불편한 만큼 싸게 셋집을 얻을 수 있으니까. 차인리는 거북고등학교에서 버스 통학이 가능하다. 오미림을 전학시키지 않고 살 집을 구해 보려고 엄마는 집을 나섰을 거다. 어젯밤에 고등학생이 전학을 하면 대학입시에 불리해진다고 걱정을 터지게 했으니까. 햇빛만 봐도 화가 나서 견딜 수 없다던 엄마를 끌어낸 건, 오미림 성적이었다.

나는 슬그머니 201호 도면을 들고 내 방으로 들어왔다. 구조선 '순례 주택'이 가까이 왔다는 소식은 조금 천천히 전하는 게 좋을 것 같았다.

'그렇게 무시하던 거북 마을에 원룸도 못 얻을 형편이네. 여기저기 더 다녀 봐. 그래야 순례 씨 은혜를 알지.'

1군들의 절망이 고소했다. 놀부가 망하는 걸 보는, 권선징악의 쾌감이랄까.

"오수림, 너 뭐야? 지킬과 하이드? 1군들 구조했다고 몇 시간 전에 안도했잖아."

오미림이 못 듣게 조그맣게 혼잣말을 했다. 그러고는 천천히 중고나라에 팔 수 있는 물건들을 꼽아 보았다. 러닝머신, 피아노, 소파, 식탁, 방마다 있는 침대……. 중고 시세를 검색해 보았다. 한숨이 나왔다. 피아노를 빼곤 값나가는 물건이 없었다. 할아버지에게 4억 2,730만 원과 내 양육비를 뜯었어도, 생활비가 넉넉한 것 같진 않았다. 오미림 사교육비로 꽤 많은 돈을 쓴 데다, 엄마는 '전업주부만이 자식 성적 및 체력, 인성 관리를 제대로 할 수 있다.'라는 소신으로 다른 일을 하지 않았으니까. 엄마가 관리하는 오미림 인성은 개떡 같지만, 주부로 바쁜 건 사실이었다. 아빠와 오미림은 집안일에 손도 까딱하지 않았다. 자기 빨래를 세탁물 통에 넣는 사람, 자기 신발을 빠는 사람, 깨우지 않아도 일어나는 사람, 먹은 그릇을 닦는 사람, 자기 방을 치우는 사람은 나뿐이었다. 게다가 엄마는 무지막지하게 깔끔한 성격이었다. 쓸고, 닦고, 빨고, 다리고, 요리하고, 치우고, 정리하고, 장 보고…… 혼자 다 했다. 아빠와 오미림을 깨워 학교나 학원 스케줄에 맞춰 보내는 것까지. 엄마는 왕이자 시녀 같았다. 아빠와 오미림은 왕의 지시에 따르는 동시에, 시녀에게 별걸 다 시켜 먹는 왕자 공주 같았고.

내 방 침대에 누웠다. 소나기가 그치고 거북산 중턱에서 안개가 뿌옇게 피어올랐다. 원더 그랜디움에서 그래도 좋았던 건 내 방이다. 혼자 쓸 수 있는 공간이 사라지고 가구도 팔아야 한다는 게 아쉬웠다

"오수림, 현실을 똑바로 보자. 네 부모는 어려. 게다가 현재 알거지."

나는 침대에서 일어났다. 어린 부모와 오미림을 끌고 순례 주택으로 들어가야 하는 상황에 무기력하게 있을 순 없었다.

나는 쌀을 씻어서 밥을 안쳤다. 김치냉장고에서 묵은지를 꺼냈다. 김치냉장고도 파는 게 나을 것 같았다. 큰고모는 더 이상 김치를 보내 주지 않을 거고, 놓을 자리도 없으니까. 냉동실 구석에 처박혀 있던 국멸치를 꺼냈다. 국멸치, 묵은지, 들기름을 넣고 팔팔 끓이면 김치찌개가 된다. 순례 씨가 십 분 만에 하는 요리 중 하나다.

"야, 시끄러! 니가 뭘 할 줄 안다고 뚱땅거려?"

오미림이 소리를 질렀다.

"시켜 먹을 돈 없어. 가스레인지 불 켤 줄도 모르는 인간이."

나는 오미림에게 얼굴을 바짝 들이대고 말했다.

"아흐윽."

오미림이 소파에 얼굴을 묻고 울었다. 나는 부엌으로 돌아갔다. 찌개가 끓어 넘치면 가스레인지랑 냄비를 닦아야 하니까.

"네가 밥을 했니?"

아빠가 부엌으로 쓱 들어왔다. 머리카락이 땀에 젖은 채 두피에 달라붙어서, 탈모 상황이 적나라하게 드러났다. 엄마는 오미림과 반대 방향으로 소파에 누웠다. 소파 인조가죽 상태는 그럭저럭 괜찮았다. 중고나라에 내놓으면 몇만 원은 받을 수 있을 것 같았다.

"여보, 우리 수림이가 밥을 할 줄 아네요. 김치찌개 맛있어요. 밥을 먹고 기운을 차려요. 당신은 역경을 이겨 내는 멋진 여자잖아요."

'헐, 역경을 이겨 낸대. 미치겠다.'

"네에에."

엄마가 흐느끼며 일어났다. 엄마 아빠는 서로에게 존댓말을 한다. 존중하며 살려고 그런다나. 서로는 존중하면서 남에겐 막말을 하는, 남 보기 부끄러운 금실이다.

1군들은 내가 만든 김치찌개를 다 먹었다. 국물 한 숟갈 남기지 않았다. 식사가 끝나자 엄마와 오미림은 다시 소파에 누웠다. 아빠가 식탁 의자 두 개를 가지고 소파 앞으로 갔다. 나에게 의자 하나를 권했다. 내가 앉자 아빠가 입을 열었다.

"출판사 일을 좀 도와주기로 하고 돈을 구했어. 그걸로 차인리에 방 두 개짜리 반지하 투룸을 얻으려고. 보증금 100만 원에 월세 50만 원이야. 태양광 사기꾼을 생각하면 너무나 억울하지만, 이 역경을 잘 이겨 내자."

아빠 말이 끝나자 오미림이 일어났다.

"거기서 어떻게 살아. 차인리로 버스 타고 가는 거 애들이 알면, 난 쪽팔려서 못 살아."

"으흐흑, 이 태양광 사기꾼들."

엄마가 오미림을 안았다. 스스로 투자를 해 보려다 사기를 당한 사람들이라고 집단 최면을 건 것 같았다.

"가계약했어?"

내가 물었다.

"너는 벌써 가계약이란 말도 아니?"

"가계약금 얼마 걸었어?"

“10만 원.”

“받을 수 있음 받고, 못 받으면 날려.”

“뭐?”

나는 방으로 들어가서 201호 도면을 가지고 나왔다. 다시 의자에 앉았다.

“순례 주택 201호, 할아버지가 살던 집. 14평 투룸이야. 그 동네 시세로 보증금 6,000만 원에 월세 30만 원쯤 해. 보증금이 줄면 월세가 많아지고. 할아버진 보증금 2,000만 원에 월세 30만 원에 살았지. 2,000만 원은 알다시피 할아버지 빚으로 넘어갔고. 순례 씨에게 우리 사정 얘기했어. 보증금 없이 월세 30만 원에 이 년간 빌려주신대. 와이파이, 옥상 공용 공간 무료 사용 가능해. 계단 청소비 2만 원 내야 하고, 분리배출 제대로 해야 돼. 층간소음 덜 생기게 조심해야 하고. 분리배출이나 층간소음 문제를 자주 일으키면 재계약은 불리해져. 물론 보증금 없이 월세로만 사는 건 이 년만 가능하고. 입주민 수칙 잘 지켜야 돼. 계약 기간 중 언제든 나가는 거 자유. 들어오려는 사람이 대기 번호를 받고 기다리는 집이야. 지금 새치기해서 들어가는 거야. 순례 씨가 원망 들을 각오하고 빌려주는 거.”

1군들이 숨소리를 죽이고 나를 바라봤다. 내 말에 귀 기울이는 눈빛을 1군들에게 단체로 받아 보긴 처음이었다. 내가 1군들 앞에서 그렇게 긴 얘기를 한 것도. 엄마가 몸을 일으켜 내게로 다가왔다.

"장난하는 거 아니지?"

"지금이 장난할 때야?"

"수칙 잘 지킬게."

엄마가 내 손을 잡았다.

"수림아, 고맙다. 네 덕에 살았다. 차인리 집에 비하면, 순례 주택은 궁궐이다."

아빠가 울먹였다.

"나 그럼 버스 타고 학교 안 다녀도 돼?"

오미림이 물었다.

"그래그래, 우리 미림이 마음고생 많았다. 솔직히 말해서, 우리가 서로 아끼고 살아가니까, 솔직히 말해서, 사기당한 다음에도 살길이 열리는구나."

엄마가 오미림 등을 토닥이며 말했다.

'이건 아닌데…….'

뭔가 분명히 해 둬야 할 것 같았다. 이 진상들을 데리고 순례 주택으로 가려면.

"순례 씨가 나 거저 키워 준 거, 잘 알고 있지?"

엄마가 토닥이던 손을 멈췄다. 대답 없이 내 눈길을 피했다. 나는 '할아버지 장부' 얘길 꺼내려다 말았다. 좀 더 심각한 상황을 위해 남겨 두어야 할 것 같아서.

"아빠, 알아? 아님 몰라?"

"알아."

"스물네 시간 애를 맡기려면 한 달에 얼마나 드는 줄 알아? 무려 칠 년이야. 순례 씨가 나를 완전히 맡아 준 게."

아빠가 고개를 떨궜다.

"나는 순례 주택 건물주 김순례 님 최측근이야. 순례 씨가 할아버지 돈 받아 썼을 거라는 둥 헛소리하면, 건물주한테 이를 거야."

"……."

"감사하면서 살아."

"알았어."

아빠가 대답했다. 엄마는 말이 계속 없었다.

"엄마, 순례 씨랑 할아버지 동거 안 한 거 잘 알지?"

"……."

"알아 몰라!"

"알아."

"알면서 동거녀라고 비하했지. 결혼도 못 하게 하고, 동거하지도 않는데 동거녀라고 하고."

"아, 솔직히 말해서 둘이 같이 여행을 가고…… 그리고 뭐 솔직히 말해서, 동거녀가 나쁜 뜻이야?"

"엄마는 나쁜 뜻으로 했잖아."

"……."

"순례 씨에 대해서 또 그렇게 말하면, 역시 일러바칠 거야. 순례 씨가 미쳤지. 이런 사람들한테 보증금 없이 왜 집을 빌려줘."

"안 그럴게."

엄마가 고개를 수그린 채 대답했다.

"보증금 드릴 돈이 모아지면, 조금이라도 드릴 거지?"

"어, 어."

아빠가 대답했다.

"꼭 그럴 거라 믿어. 엄마 아빠는 지성인이니까."

"으, 으응 그럼."

믿지 않으면서 믿는다고 했다. 지성인이라고 생각하지 않으면서 지성인이라고 말했고.

"근데 수림아, 너 원래 이렇게 말을 잘하니? 밥도 잘하고?"

아빠가 물었다.

"응."

"아, 원래."

"난 이 집에서만 모지리였어."

"……."

"시간이 얼마 없어. 어서 중고나라에 살림 내놔야 돼. 아빠랑 언니는 인터넷 중고서점 들어가서 책 팔아. 이게 201호 도면이야. 싱크대도 훨씬 작아. 꼭 필요한 거 빼고 돈이 되는 부엌살림도 다 팔아. 못 파는 건 무료로 가져가라고 해. 폐기물 스티커랑 쓰레기봉투 값도 아껴야 되는 형편이니까. 이사가 손 없는 날 걸리면 비용 확 올라. 빨리 살림 줄이고 이삿짐 비교 견적 받고 날 잡아야 돼. 보증금 없이 들어가면서 도배해 달라기 미안한데, 순례 씨가 해 준대. 할아버지가 관리하던 집이라 상태는 좋아. 입주 청소 평당 만 원씩, 14만 원 나올 거야. 내가 가서 틈틈이 할게. 카드 돌려막고 있는 상황에 14만 원을 청소에 어떻게 써. 이 줄자는 순례 씨 거야. 빌려 왔어. 크리스마스 선물로 받았다고 엄청 아끼는 거니까, 잘 쓰고 돌려줘야 돼. 살림 정확하게 재. 어떻게든 되겠지, 하고 가져가면 안 돼. 못 들여놓을 가능성이 높아."

1군들은 얼빠진 얼굴로 나를 바라보았다.

"수림아, 그런 세상 사는 법은 어디서 배웠니?"

아빠가 물었다. 나는 '거북 마을'이라고 하려다가, 엄마를 한번 쿡 찌르고 싶었다.

"빌라촌에서."

6

닷새 후면 이사다. 원더 그랜디움에서 맞는 마지막 일요일이고. 엄마 아빠는 카메라를 팔러 나갔다. 지하철을 타고 두 시간쯤 오면 2만 원을 더 쳐주겠다고 한 매수자를 만나러. 엄마는 카메라는 끝까지 팔지 않으려고 했다. 사진작가로 데뷔해서 돈을 벌겠다고. 엄마가 '돈을 벌겠다고' 말한 게 처음이라 좀 반가웠다. 사진작가로 데뷔할 수 있을 것 같진 않았지만. 엄마는 이틀 전 사진기를 중고 사이트에 올렸다. 이삿짐센터에 줄 돈을 도저히 구할 수 없었으니까.

오미림은 팔려 나간 소파 자리에 누웠다. 커다란 수건을 쥐고 눈물을 닦으며. 순례 주택 201호로 구조된 감격은 얼마 가지 않았다. 1군들은 원더 그랜디움을 떠나야 하는 현실에 절망했다. 가장 심각한 사람은 오미림이었다. 갑자기 하느님을 찾으며 기도하기 시작했다. 태양광 사기로 날린 돈을 찾을 수 있게 해 달라고. 그리고 고모들이 마음을 바꾸게 해 달라고.

"분리배출 할 거 없어?"

내가 버릴 것들을 챙기며 물었다. 원더 그랜디움은 일요일에만 재활용품을 배출할 수 있다. 오늘 내놓지 못하면 이사할 때 난감한 상황이 될 거다.

"슬퍼서 손도 까딱 못하겠어."

"슬퍼도 똥은 누잖아."

"슬퍼서 아무것도 못하겠다니까!"

"슬프면 이사 안 가려고? 짐 싸야지."

"야! 너는 요새 무기력증이 조증 됐어?"

오미림이 수건을 던졌다. 수건은 내 얼굴로 날아오다가 떨어졌다. 발끝만 스쳤다.

'아, 방을 어떻게 같이 쓰지?'

닷새 후가 걱정스러웠다. 순례 씨는 402호에서 재워 주지 않겠다고 선언했다. 201호가 내 집이라고.

"오수림, 그만 나대. 집이 망했는데 뭐가 신나서 그렇게 활기차?"

오미림 말이 맞다. 원더 그랜디움이라는 공간에서 내가 요즘처럼 활기찬 적은 없었다.

'아파트에서 떵떵거리고 살 땐 몰랐지. 나의 가치를.'

나는 더 이상 원더 그랜디움 103동 1504호 모지리가 아니다. 1군들이 다 말아먹은 시즌 마지막 경기, 눈부시게 등판한 구원투수랄까.

"너는 슬프지도 않지? 집이 망했는데 창피하지도 않아!"

오미림이 악을 썼다.

"오미림."

"왜?"

"나도 슬퍼. 창피하고."

재활용품을 들고 아파트 밖으로 나왔다. 1군들은 모른다. 나는 많이 슬프다. 할아버지가 돌아가셔서 슬프고, 4억 2,730만 원 넘게 뜯긴 게 슬프고, 뼈 빠지게 일하다 죽은 할아버지가 사기당한 멍청이 취급만 받는 게 슬프다. 가난해지는 건 창피하지 않다. 1군들을 데리고 순례 주택에 들어가야 한다는 게 창피하다.

원더 그랜디움 사람들이 일주일에 한 번 배출하는 플라스틱과 비닐, 스티로폼의 양은 엄청나다. 음식물이 묻은 일회용기를 버리는 사람도 많다. 순례 주택에서 이렇게 버리다 걸리면 재계약에 불이익을 받는다. 순례 씨에게 "월세 밀리는 건 참아도, 분리배출 제대로 안 하는 건 못 참네." 하는 말도 들어야 한다.

다시 아파트로 들어가고 싶지 않았다. 나는 순례 주택으로 발길을 돌렸다. 원더 그랜디움에서 순례 주택으로 가는 방법은 두 가지다. 쪽문을 통해 거북 시장을 가로질러 가는 방법, 그리고 정문으로 나가 거북 사거리를 건너가는 방법. 정문으로 나가면 십 분쯤 빨리 갈 수 있다. 그래도 나는 쪽문 쪽이 좋다. 원더 그랜디움에서 무기력하게 있다가 시장 골목을 지날 때면 조금씩 활기가 생기곤 했다. 시장 구경을 마치고 골목을 지나 순례 주택에 다다를 쯤엔, 마중 나온 순례 씨 품에 환하게 안길 만큼 즐거워졌다. 원더 그랜디움엔 친한 친구가 없으니까, 앞으로 이 쪽문을 오갈 일은 없을 것 같다.

거북 시장 앞 건널목에서 뒤를 돌아 방금 빠져나온 아파트를 바라보았다. 1군들에게 원더 그랜디움은 하나의 성

(城)이었다. 성 밖의 사람들을 깔보며, 성 밖의 삶을 멋대로 재단했다. 나는 성의 쪽문으로 드나들며 성 밖에서 삶을 배웠다. 순례 씨 말처럼 나 혼자 어른이라는 생각이 들진 않는다. 하지만 성 밖의 삶을 두려워하지 않는 사람은 나뿐인 것 같다.

402호를 지나쳐 옥탑방으로 갔다. 옥탑에는 진하 혼자였다. 정원엔 부추꽃, 목백일홍, 사루비아, 메리골드, 원추리꽃…… 순례 씨가 사랑하는 꽃들이 만발했고.

"공부해?"

"응, 2학기 선행. 영어가 좀 어려워."

진하는 공부를 썩 잘한다. 장래희망은 환경공학자, 순례 씨처럼 기후변화에 관심이 많다. 그레타 툰베리에 대해 알게 된 것도 진하 덕분이다.

"수림아, 토마토 먹을래? 엄마가 냉장고에 토마토 넣어 놨어."

"어, 맛있겠다."

순례 주택 사람들은 먹을 게 많이 생기면 옥탑에 갖다 둔다. 옥탑에선 허락 없이 뭐든지, 얼마든지 먹어도 된다.

"201호 어제 도배했어."

진하가 영어 교재를 덮으며 말했다. 진하는 1군들이 201호에 들어오는 걸 모르는 눈치였다.

'어떻게 말하지?'

난감했다. 진하는 우리 엄마를 엄청 싫어한다. 빌라촌을 비하하는 인터뷰를 하기 오래전부터. 엄마한테 상처를 받아서 그렇다.

"어, 도배했구나."

"이따가 201호 좀 손보려고. 어제 오빠랑 가서 싱크대 나사 조였거든. 화장실 콘센트 교체해야겠더라고. 주문했어."

"오빠도?"

"어, 내가 조수로 좀 썼지."

나, 진하, 병하 오빠(18세, 진하 친오빠, 조 원장님 아들)는 할아버지가 뭔가를 고칠 때 따라다니며 보는 걸 좋아했다. 조금 큰 다음엔 잔심부름을 했다. 직접 고친 것도 꽤 많다. 솜씨가 제일 좋은 건 진하다. 디지털 도어록, 문고리, 콘센트, 전등 교체쯤은 금세 한다.

"세입자가 맘에 안 들어도 점검해 줄 거야?"

내가 물었다. 세입자 가족을 알면 마음이 바뀔 것 같아서.

"야, 세입자 집이냐? 우리 순례 씨 집인데."

진하가 어깨를 으쓱하며 웃었다.

"동네 사람들이 자꾸 엄마한테 물어보나 봐. 엄마도 모른대. 대기 번호 1번이 누군지. 순례 씨만 안다는데. 최측근, 누가 들어오는지 알아?"

"그게……."

"누구야?"

"있잖아……."

입이 안 떨어졌다.

"라면 있니?"

박사님이 옥탑방 문을 열고 물었다. 진하가 싱크대와 냉장고를 열어 보았다.

"라면은 당근. 김치도 있어요."

순례 씨는 옥탑방에 라면을 떨어뜨리지 않는다. 김치는 주로 길동 씨가 갖다 둔다. 길동 씨 김치는 매우 훌륭하다. 내가 먹어 본 김치 중 최고다.

"새벽 배송 갔다가 한잠 잤어. 이제 201호 입주 청소해야지. 순례 주택은 나의 집, 나의 일터."

박사님이 라면 물을 얹으며 말했다.

"입주 청소는 내가 하려고 했는데……."

순례 씨는 바보 같다. 14평 투룸을 고시원 월세 정도에 빌려주면서, 도배에 입주 청소까지 해 준다.

"수림아, 입주 청소는 전문적인 훈련이 필요해. 도구나 약품도. 내 전문 영역을 침범하지 말길 바란다."

"아니 그게 아니라, 순례 씨한테 죄송해서."

"뭐가 죄송해?"

진하가 불쑥 끼어들었다.

"수림아, 입주 청소는 내 전문 영역이다."

박사님이 사뭇 진지한 얼굴로 말했다. 나를 흘깃흘깃 보는 게, 하고 싶은 말을 남겨 둔 눈치였다.

"수림아, 너희 아버님이 시간 강사 하신다고?"

"네."

"순례 주택은 나의 집, 나의 일터. 너 순례 씨 최측근이라고 계단 청소나 입주 청소 같은 거, 니네 아빠한테 넘기면 안 된다."

"아아."

박사님 표정이 왜 어두웠는지 알 것 같았다. 순례 씨가 입주 청소를 부탁하며 201호에 1군들이 들어온다는 얘길 했나 보다. 아빠가 시간 강사니까 자기 일을 넘볼까 봐 고민을 한 것 같다. 순례 씨 말이 맞다. 사람은 남이 자기 같을 거라고 상상한다. 박사님이 새벽 배송을 하고 계단 청소를 하는 사람이라면, 아빠는 새벽 배송을 받고 자기 방도 안 치우는 사람이다.

"뭔 소리야?"

진하가 나와 박사님을 번갈아 보며 물었다.

"사실은 진하야……."

"뭐? 뭔데 나만 몰라?"

"사실은…… 201호 입주자가 1군들이야. 미리 말 못해서 미안."

진하가 삼십 초쯤 입을 벌리고 있다 고개를 숙였다. 토마토에 설탕을 뿌렸다. 충격을 받은 인물이 그릇을 놓치거나 주저앉는 드라마와 달리, 진하는 설탕 한 톨도 흘리지 않았다.

"너 약속했다. 분명히 아빠한테 내 일거리를 넘기지 않기로."

박사님이 라면 물을 끓이며 다짐을 받았다. 진하는 말이 없었다. 나에게 먹어 보란 말도 않고, 혼자서 토마토를 먹기 시작했다.

"걱정 마세요. 근데…… 울 아빠가 박사님 일을 넘본다면, 참 좋겠어요. 새로운 201호를 겪어 보면 그런 걱정이 사라지실걸요."

나는 진하 눈치를 보며 말했다. 진하가 자리에서 일어나더니 포크 하나를 더 가져왔다. 나에게 건넸다. 나는 슬그머니 토마토를 찍었다.

"수림아, 미안하지만…… 복수해도 될까?"

"어?"

"너네 엄마 말이야. 어렸을 때 너랑 아파트 놀이터에서 놀 때, 뭐라고 했잖아. 빌라촌 애가 왜 여기 와서 노냐고. 아파트에 길고양이랑 빌라촌 애들이 자꾸 꼬인다고. 너네 엄마 이사 오면 좀 괴롭히고 싶어."

"……."

고개를 들 수가 없었다. 그리고 문득, 어쩌면 이 우주를 아주 공평한 신이 운전한다는 생각이 들었다. 진하에게 복수할 기회를 주는 통쾌한 신.

7

"수림이 왔네. 이사 준비로 안 바빠?"

길동 씨가 옥탑방으로 들어서며 물었다.

"어, 아셨어요?"

"어. 순례 언니한테 들었다. 이상해. 우리 수림이는 순례 주택 식군데, 수림이가 순례 주택으로 이사 온다는 게."

"저도요."

"아파트 살다가 여기서 적응할 수 있을지 모르겠다."

"……."

"너야 여기서 자랐고, 402호가 집이나 마찬가지지만…… 나머지 식구들은 힘들 거다. 할아버지 돌아가셨으니 비빌 언덕도 없고."

"……"

이사가 결정될 때부터 문득문득 했던 고민—1군들이 순례 주택에 잘 적응할 수 있을까—이 더 무겁게 다가왔다. 순례 주택 사람들과 무덤덤하게 지내는 건 괜찮다. 아파트에서도 앞집 사람과 마주치면 인사하는 정도로 지냈으니까. 걱정되는 건 분란이다. 1군들이 무례하게 굴어서 분란이 생기진 않을까, 순례 주택의 화목을 깨뜨리진 않을까, 순례 씨를 속상하게 하지 않을까…… 자꾸 걱정된다.

"저기 박사님, 할 말이 있어서 찾고 있었어."

"말씀하세요."

"요새 방학이라 학교에서 돈 안 나오지?"

"그렇죠."

"아니 대학교는 왜 사람을 쓰면서 방학 때 월급을 안 줘. 직장 의료보험도 안 해 주고. 나처럼 요양보호사 반나절씩 해도 4대 보험이 되는데. 뭐, 요양보호사 시급이 적고 일이 힘들긴 하지만."

"그러게 말입니다."

아빠도 방학 때 월급이 없는 일을 십칠 년째 하고 있다. 할아버지가 돌아가실 때까진 피부양자로 살았다. 누군가의 피부양자가 아닌 생활은 시작한 지 얼마 되지 않았다.

"박사님, 새벽 김밥 알바 안 할래? 물류 창고까지 가서 새벽 배송 하는 것보다 덜 힘들 거야. 버는 건 비슷하고."

"제가 김밥 말아 본 적이 없는데,"

"괜찮아. 연습하면 돼."

"연습하면 할 수 있을까요?"

"그럼 그럼, 면이 부네. 들으면서 먹어."

"예."

길동 씨가 소개한 알바 장소는 거북 분식이었다. 거북 분식 김밥 맛이 소문이 나서 단체 주문 하는 사람이 늘어났고, 사장님은 그걸 기회로 삼아 본격적으로 새벽 김밥 시장에 뛰어들었다. SNS 홍보도 시작했다. 단체 주문이 있는 날만 새벽에 나와서 일할 사람이 필요했다. 설거지와 배달을 할 사람도.

"순례 언니가 박사를 추천했어. 조금만 훈련하면 김밥 잘 말 거라고."

"감사합니다. 배워서 열심히 하겠습니다. 제 똥차로 배달도 할게요. 안 그래도 올해 시간 강사 지원 사업에 떨어져서, 일을 더 많이 해야 합니다."

'시간 강사 지원 사업'은 1군들에게서 들은 적이 있다. 아빠는 두 해 연속 그 사업에 선정됐다. 언니는 그 돈으로 외고 입시학원을 다니고 그룹 과외도 했다. 아빠도 박사님처럼 올해엔 떨어졌다. 강사법이 바뀌면서 출강하는 학교도 하나 줄었다. 어느 때보다 돈이 필요한 해인데…….

"참 수림아, 너희 아빠도 방학 때 돈 안 나오는 교수지?"

"네."

"방학 때는 무슨 일하니?"

"논문 쓰고, 출판사 일 뭐 하고…… 자세히는 몰라요. 안 친해서."

"엄마는 일자리 구했니?"

"아니요."

"그래? 그럼 니 엄마 아빠도 거북 분식 알바 잡으면 좋은데. 알바 장소는 가까운 게 장땡이거든."

순례 주택 사람들은 자꾸 꿈같은 얘길 한다. 1군들을 과대평가하고 있었다. 어려운 순간을 스스로의 힘으로 돌파하려고 애쓰는, 본인들과 비슷한 사람일 거라고.

"저, 홍길동 님?"

박사님이 끼어들었다.

"왜."

"거북 마을은 저의 집, 저의 일터. 아시죠?"

박사님의 집과 일터는 금세 순례 주택에서 거북 마을로 확장됐다.

"어?"

"홍길동 님, 저는 오전 강의만 아니면 새벽 알바 합니다. 수림이 각별히 사랑하시는 거 알지만, 제 알바를 수림이 부모님께 넘기진 말아 주세요."

박사님이 젓가락을 내려놓고, 오른손을 번쩍 치켜든 채 말했다.

"걱정 말아. 사장이 수림 엄마 별로 안 좋아하네."

"예?"

"수림이도 순례 언니랑 같이 먹을 때만 서비스 준대. 지네 식구랑 먹을 땐 돼지 간 한 쪽도 더 안 준다고 벼르고 있어."

예상했던 일이다. 소금을 안 뿌리면 다행이다. 진하에게 길고양이 운운했던 사건은, 사장님도 잘 알고 있다. 어쩌면 고양이들도 알 거다. 고양이들 원혼이 거북동을 떠돌며 엄마를 저주하고 있을지도 모른다.

"저기, 우리 엄마도 할인 없대."

진하가 폰 화면을 내게 보여 주었다.

엄마. 1군들 201호 들어오는 거 알고 있었어?

응. 어제 알았어.

왜 나한테 말 안 했어?

생각할 게 좀 있어서. 수림이 거기 있지? 좀 전에 올라가는 거 봤다. 할인은 수림이만 해 준다고 해. 1군들은 할인 없다.

순례 주택 입주민들은 조은영 헤어에서 커트 2,000원, 염색 5,000원, 파마 1만 원 할인 혜택을 받는다. '혜택 없음'은 예상했던 일이다. 원장님은 우리 아빠를 싫어한다. 어린 내가 머리를 자르는 동안 미용실 소파에 앉아, 원장님에게 "몇 학번이냐?" 하고 물어본 적이 있기 때문이다. 고졸인 원장님이 무척 싫어하는 질문이었다. 엄마 아빠가 다른 사람에게 학번을 묻지 않았으면 좋겠다. 대학 후배를 만난 것도 아니면서 학번을 알려고 한다. 마치 누구에게나 나이처럼 학번이 있어야 한다는 듯이. 원장님은 우리 엄마도 싫어한다. 아파트 놀이터에서 노는 진하에게 뭐라고 했던 엄마와 대판 싸운 적도 있다. "할아버지랑 수림이를 봐서 머리끄덩이는 안 잡았다." 하고 말했던 순간이, 괴롭게 떠올랐다.

"저는 그럼, 순례 씨 좀 만나러 갈게요."

나는 옥탑방을 나섰다. 두려웠다. 1군들 때문에 나까지 거북 마을 사람들이랑 멀어질까 봐. 진하, 병하 오빠, 원장님, 박사님, 길동 씨 부부, 사장님…… 멀어져도 괜찮은 사람은 아무도 없었다.

순례 씨는 거실에서 TV를 보고 있었다. 할아버지가 여러 번 고쳐서 겨우 돌아가는, 통통한 브라운관 TV다.

"수림아, 나이 드니까 책 오래 보기 힘들다."

"돋보기 써도?"

순례 씨가 고개를 끄덕였다. 순례 씨 취미는 독서다. 주로 동네 도서관에 가서 책을 빌려 본다. 제일 좋아하는 책은 교과서다. 학년이 바뀔 때마다 나한테 지난 교과서를 달라고 한다. 그걸 읽고 또 읽는다. 물론 본인이 보고 싶은 곳만. "교과서가 뭐가 재밌냐?"라고 물으면 "시험 걱정 없이 그냥 읽으면 재밌다."라고 한다. 중학교 교과서에는 불만이 좀 있다. 글자

크기가 작아져서 돋보기를 써야 한다고. 요즘 보는 책은 중학교 1학년 1학기 국어 교과서다.

"순례 씨, 이 교과서 재밌어?"

"응, 내가 퀴즈 낼까?"

순례 씨 퀴즈는 대체로 재미가 없다.

"응."

그래도 받아 준다. 문제 낼 때 생기가 넘치는 순례 씨를 보기 좋아서.

"너 탄력 나라의 왕자가 누군 줄 알아?"

"고무줄 탄력 같은 그 탄력?"

"응."

"이 교과서에 나와?"

"응."

"모르겠는데."

"탄력 나라의 왕자는 바로, 두그두그두그…… 공이야."

"누가 그래."

"시인, 시인 이름은 정현종이야."

국어 시험 문제로 '다음 중 탄력 나라의 왕자는 누구일까요?'가 나오면, 나도 맞힐 수 있을 것 같다. 하지만 그런 문제는 나오지 않는다.

"문법 퀴즈도 낼까?"

"응."

"아아, 오오, 어헝."

순례 씨가 손을 흔들며 감탄사를 연발했다.

"왜 그래?"

"너 감탄사가 왜 독립언인 줄 알아?"

"배웠는데 생각 안 나."

"내가 가르쳐 줄게. 독립적으로 쓰여서 독립언이야."

"아아."

"수림아, 나는 독립적인 인간이잖아."

"그치."

"그래서 독립언을 많이 쓸 거야. 감탄을 많이 하는 인생을 살기로 결심했어. 아아, 우리 수림이는 좋아라."

나는 키득키득 웃었다. 1군들 이사 문제는 잠시 잊고. 문득, 대한민국에서 교과서를 가장 재미있게 읽는 사람이 순례 씨가 아닐까 하는 생각이 들었다.

"참 수림아, 텔레비전 새로 사면 네트로 앤 되냐?"

"넷플릭스 연결해서 빨간 머리 앤 볼 수 있는 텔레비전 사고 싶다고?”

“엉. 넷플리 그거. 참, 개떡같이 말해도 찰떡같이 알아듣는다. 똑똑한 거.”

“스마트 티브이 사면 그렇게 할 수 있어.”

“스마트?”

“응, 스마트 티브이. 컴퓨터가 들어 있는 티브이라고 생각하면 돼.”

“그것도 중고로 파냐?”

“그럼.”

“그거 하나 구해 봐. 진하가 넷플리 자기네 식구에 끼워서 공짜로 보게 해 준다고 여기다 해 줬어.”

순례 씨가 폰을 가리키며 말했다.

“근데 화면이 작아. 잘 안 봬.”

“나랑 진하랑 중고나라에서 구해 볼게. 대신 접속하고 검색하는 거 배워야 돼. 힘들어도 배울 수 있지?”

“그럼.”

순례 씨에게 새로운 기계 작동법을 가르치는 건 꽤 힘들다. 할아버지도 기계를 가르칠 땐 날카로워졌다. 순례 씨는 무지막지한 기계치다.

"순례 씨, 진짜 참고 배울 거지?"

"그래. 앤 볼 거야. 구박해도 배운다."

순례 씨는 「빨간 머리 앤」을 좋아한다. 빌려 보지 않고 시리즈를 다 샀다. 여러 번 읽었다. 작품 배경인 프린스에드워드섬에도 다녀왔다. 순례 씨의 유일한 해외여행이자, 아들과 함께한 유일한 여행이었다. 순례 씨 아들은 올해 쉰다섯으로 캐나다 교포다. 이십팔 년 전에 이민을 갔다. 캐나다에서 슈퍼마켓을 한다. 아들은 딱 한 번 한국에 나왔다. 순례 씨도 딱 한 번 캐나다에 다녀왔다. 나에겐 무척 힘든 시간이었다. 삼 주 동안 순례 씨를 못 봤으니까.

"캐나다 또 갔다 와. 아들이 오라고 한다며."

"캐나다에 너 데리고 오래."

"왜?"

"늙은이 혼자 오니까 걱정되는 거지. 니 것까지 비행기표 끊어 준대."

"우리 갈까?"

"됐어. 비행기 여행은 공기를 너무 많이 오염시켜."

순례 씨는 태어나서 비행기 여행을 딱 세 번 했다. 캐나다 한 번, 제주도 두 번. 팔순 기념으로 나랑 제주도에 가기로 했는데, 가능할지 모르겠다. 무릎이 조금씩 더 안 좋아지니까.

"참 수림아, 생활 수칙을 하나 더 만들었어. 1군들한테 전해. 순례 주택에서 학번 물어보는 거 금지다. 나한테 학번을 물어보면 뭐, 16번이라고 대답해 줄 순 있지만."

"16번?"

"어. 중1 때 16번."

"중1 번호가 아직 생각나?"

"그럼. 학비를 못 내서 얼마 못 다니고 나왔거든. 밭일하면서 가끔 생각했어. 우리 반에 16번은 이제 없겠구나 하고. 식구들한테 단단히 일러. 순례 주택에서 학번 있는 사람은 박사랑 영선이뿐이야. 그런 걸로 사람 상처 주는 건 용납 못 한다. 재계약에 불리해질 거야."

"응, 단단히 이를게."

한숨이 나왔다. 1군들을 데리고 와서 어떻게 살아가야 할지……. 구원투수를 넘어서 감독이 된 기분이었다. 아마추어 선수단을 데리고 갑자기 프로 경기에 나가야 하는.

"수림아, 너 통해서 얘기하는 건 이게 마지막이다. 이제 내가 할 거야. 혹시 1군들이랑 나랑 갈등이 생겨도 말이다, 네가 안절부절못하면 안 돼."

나는 고개를 끄덕였다.

"혹시 여기 사람들과 갈등이 생겨도 마찬가지야. 니가 다 책임지려고 하지 마."

"알았어."

"수림아, 이 지구에 내 최측근이 딱 한 명 있는데 누구지?"

순례 씨가 물었다. 열 번도 더 물어본 걸 또 묻는 거다.

"오수림."

내가 대답했다. 열 번도 더 대답한 그대로.

"그래서 어떻게 살아야 한다고?"

"행복하게 살아야 해."

가슴이 찌르르했다. 이 넓은 지구에서 나는 어떻게 순례 씨를 만났을까.

"순례 씨도 행복하게 살아야 해. 1군들 때문에 속 끓이지 마."

"걱정 마. 내줄 공간이 있어서 다행이야. 감사해."

순례 씨는 '감사'라는 말을 잘 한다. 1군들에게선 거의 들은 적이 없는 말이다. 순례 씨가 좋아하는 유명한 말—관광객은 요구하고, 순례자는 감사한다—가 떠올랐다. 나도 순례자가 되고 싶다. 순례자가 되지 못하더라도, 내 인생에 관광객은 되고 싶지 않다. 무슨 일이 있어도.

8

드디어 이사를 했다. 오미림은 아파트로 이삿짐센터 트럭이 오기 전에 책가방을 챙겼다.

"자율학습 하고 있을게. 이따 데리러 와."

오미림이 명령하듯 말했다. 오미림은 자주 폭군처럼 군다. 시험 기간이 되면 무지막지하게 신경질을 낸다. 엄마 아빠는 쩔쩔맨다. 성질을 건드렸다가 성적에 문제가 생길까 노심초사한다. 다 참는다.

"그래그래. 걱정하지 말고, 점심 저녁 굶지 말고."

엄마가 오미림에게 만 원을 주었다.

'헐, 만 원!'

뚜껑이 열릴 것 같았다. 나는 살림살이를 팔면서 천 원이라도 더 받으려고 애를 썼다. 오미림은 인터넷 중고서점에 책 파는 것도 안 했다. 슬퍼서 못 한다고 처 울기나 하고.

"우리 미림이, 흔들리지 않고 공부해 줘서 고맙다. 공부에만 집중해. 이따 데리러 갈게."

아빠가 오미림 어깨를 토닥였다.

"미친 거 아니야? 몇 살인데 집도 못 찾아."

내가 오미림을 가로막았다.

"수림아, 조용히 해라."

엄마가 나를 노려봤다.

"오미림, 방에 못 들여놓는 니 짐은 내 맘대로 버린다."

"뭐?"

"정신 차려. 집이 망했다고. 저걸 다 싸 들고 가겠다고 둔 거야?"

오미림이 엄마 아빠와 나를 번갈아 보며 입술을 비죽거렸다. '재 좀 나 대신 혼내 줘.' 하는, 놀이터에서 다친 유치원생이 보호자에게 짓는 표정으로.

"오수림! 언니가 멘탈 지키며 공부하는데, 왜 자꾸 방해야! 미림아, 아무 걱정 하지 마. 엄마가 네 물건 다 정리해 줄게."

엄마가 나를 또 노려봤다.

"그래? 내 물건도 정리 잘해 주고. 엄마 아빠 이사 잘 해. 나도 만 원 줘야지. 밥 굶으면 안 되잖아. 안녕, 이따 밤에 봐."

내가 신발을 신으면서 손을 내밀었다.

"수림아, 왜 그래. 너 없이 어떻게 이사를 하니."

아빠가 내 팔을 잡았다. 아빠 말이 맞다. 오미림 없이는 이사를 해도, 오수림 없이는 못 한다. 나는 못 이기는 척 집 안으로 들어왔다. 오미림은 당당히 집을 나가고.

"근데, 나중에 오미림 이사는 누가 해 줘? 자기 이사하는 날도 나가려나?"

엄마 아빠가 듣게 큰 소리로 물었다. 아무도 대답하지 않았다. 이사 준비로 바쁜 척했다.

"나중에 출근은 누가 해 줘? 출근도 엄마 아빠가 다 해 주려나?"

더 크게 물었다. 오미림이 부모에게 신경질을 낸다면, 나는 부모 성질을 건드리는 편이다.

"야!"

엄마가 소리를 빽 질렀다. 성질을 건드리고 나니 살짝 마음이 풀렸다. '오미림이 자기 이사는 어떻게 할까?'라는 질문은, 그저 성질을 건드리려고 한 건 아니다. 정말 궁금하기도 하다. 오미림이 엄마 아빠 같은 어른이 되는 상상을 종종 한다. 엄마 아빠는 뜯어먹을 부모형제가 있었지만, 오미림에겐 아마 없을 거다. 부모는 빈털터리가 되었고, 유일한 형제인 난 안 뜯길 거니까.

"아빠, 학번 물어보지 말라는 거 안 까먹었지?"

다시 한번 생활 수칙을 확인했다.

"어, 어머님은 학번이 없으시다는 것도 네가 얘기했다."

아빠는 며칠 전부터 순례 씨를 '어머님'이라고 부르기 시작했다. 순례 씨가 들으면 펄쩍 뛸 얘기다. 나는 순례 씨를 '할머니'라고 부르지 못했다. "나는 네 할머니가 아니다. 네가 나를 할머니라고 부르면, 나는 네 할아버지 부인이 되거든." 하고 단단히 일렀으니까. 아빠의 '어머님' 호칭이 나는 불쾌하다. 엄마 아빠는 순례 씨가 새어머니 되는 걸 방해한 인물들이다. 순례 씨는 결혼할 생각이 없었기 때문에, 당연히 방해를 받지 않았다. 할아버진 많은 방해를 받았다. 어떻게든 순례 씨를 설득해서 재혼하고 싶었으니까. 할아버지가 자기 입으로 "내 재산 순례 씨에게 넘어갈까 봐 딸과 사위가 재혼을 못 하게 하네." 하고 말하진 못했을 거다. 하지만 순례 씨가 할아버지 마음을 몰랐을 리 없다. 엄마 아빠가 재산 때문에 재혼을 말리고 있다는 건, 짐작하고도 남았을 거다.

"그 할머니 학벌만 없는 게 아니야."

엄마는 여전히 순례 씨를 '그 할머니', 혹은 '그 여자'라고 불렀다. 오랜만에 생기가 도는 목소리였다.

"중학교도 졸업 못 했어. 솔직히 말해서, 우리 같은 고학력자에게 열등감 있을 거야. 조심하자고."

엄마 말에 아빠가 고개를 끄덕였다. 기가 막혀서 웃음이 나왔다. 물에 빠져서 허우적대다 구조된 사람이, 선장 학력을 들먹이며 우월감을 느끼는 상황이었다. "있잖아요, 우리가 지금 누군가에게 열등감을 유발할 상황이 아니거든요." 나는 목까지 차오른 말을 삼켰다.

아파트에 남아 있는 짐을 포장해서 트럭에 싣는 일은 세 시간 만에 끝났다. 오전 11시, 이삿짐센터 분들은 점심을 먹고 순례 주택으로 오기로 했다. 엄마는 한참 동안 곳곳을 쓰다듬으며 울었다.

"내가 전임교수 되면 대출받아서 다시 삽시다. 잠깐만 고

생해요."

아빠가 말했다.

"네."

엄마가 아빠 품에 안겼다. 나는 고개를 돌렸다. 봐도 봐도 적응이 안 되는 금실이다. 박사님은 전임교수 초봉이 연봉 5,000만 원쯤 된다고 알려 주었다. 작년까지 우리가 쓴 돈—아빠가 받은 강의료, 시간 강사 지원사업비, 할아버지에게 뜯은 돈을 합치면 그보다 많다. 그 돈으로 1군들은 저축을 못 하고 살았다. 오미림 사교육비(학원비, 그룹 과외비), 방학 때만 다니는 내 학원비, 자동차 할부금과 유지비, 아파트 관리비, 생활비 등등으로 늘 빠듯했다. 아빠가 교수가 되어도 원더 그랜디움을 살 수는 없을 거다. 아빠가 교수 초봉을 모를 리 없다. 모르는 척하면서, 헛된 희망을 불어넣으며, 본인도 그 희망에 취해서 살아가는 것 같다.

엄마는 짙은 선글라스에 캡 모자를 눌러쓰고 거북 마을에 들어섰다. 소금을 뿌리는 사람은 없었다. 삼일 방앗간, 서민 세탁, 조은영 헤어, 거북 분식, 황제 공인중개사…… 모두 영업 중이었지만 나와 보지 않았다. 나는 코팅된 유리창 너머로 반갑잖은 눈빛을 보낼 얼굴들을 생각했다.

"어머님께 인사드려야지."

아빠가 순례 주택에 들어서며 말했다. '어머님'이라고 부르지 말라고 하려다가, 순례 씨 말이 떠올라서 참았다. 갈등이 생길까 봐 전전긍긍하지 말라는. 엄마 아빠와 402호로 올라갔다. 벨을 눌렀다. 순례 씨가 나왔다.

"저희 왔습니다."

아빠가 고개를 숙였다.

"비가 안 와서 다행이야."

순례 씨가 말을 깠다. 낯설었다. 순례 씨는 친하지 않은 사람에게 존댓말을 쓰니까.

'건물주의 갑질? 1군들에 대한 복수? 친근감? 아니면 뭐지?'

뭐라도 좋았다. 순례 씨가 1군들을 제압하는 느낌이라서. 1군들은 주로 상대가 만만해 보일 때 사고를 친다. 순례 주택의 평화를 위해서, 선도 제압은 중요하다.

"예, 예, 비가 안 와서 정말 다행입니다. 여보, 계단 조심하세요. 계단참이 좀 좁네요."

아빠가 엄마 팔을 잡았다. 엄마가 아빠 팔을 쓰다듬으며 기댔다. 나는 고개를 돌렸다. 남부끄러운 금실이 순례 주택에서 펼쳐지기 시작했다.

"어머님, 저희 사정을 이렇게 봐주셔서 다시 한번 감사드립니다."

아빠가 다시 고개를 숙였다. 엄마도 같은 말을 하면 좋겠지만 입을 꾹 다물고 있었다.

"수림 아빠, 나한테 어머니라니. 많이 거북하네. 다시는 그런 호칭 쓰지 말아 주게."

순례 씨가 힘주어 말했다. 나는 둘 사이에서 몸 둘 바를 모르겠진…… 않았다. 살짝 고소했다. 이제 와서 사위가 된 것처럼 구는 아빠가 한 방 먹은 게.

"예, 예, 그럼 우리 수림이 키워 주셨으니까, 수림이 할머님이라고 불러도 될까요?"

"어유, 더 이상해. 내가 수림이 할머니였음, 박승갑 씨 부인이었지."

"아, 예."

아빠는 허둥댔다.

"그냥 아주머니라고 해도 돼. 우리 이웃들은 대개 순례 씨라고 부르지. 그렇게 불러도 괜찮아."

"예, 예."

아빠가 뒷머리를 긁으며 고개를 조아렸다. 엄마는 골난 아이처럼 입을 내밀었고.

1군들을 반겨 준 유일한 이웃은 길동 아저씨(64세, 홍길동 씨 남편)였다. 시원한 비타민 음료를 들고 201호 앞을 서성댔다. 길동 아저씨는 오랫동안 마을버스를 운전했다. 칠 년 전 뇌졸중으로 쓰러진 다음부턴 운전을 할 수 없게 되었다. 현재 직업은 주부 겸 간헐적 공공근로자다.

"박 사장님 자제분들이시라고요. 반갑습니다. 박 사장님이 그렇게 돌아가신 걸 생각하면 지금도 마음이 아픕니다. 이 집 곳곳에 박 사장님 흔적이 남아 있어요."

아저씨가 눈물을 훔치며 말을 이어 갔다.

"순례 주택이 인심 좋은 뎁니다. 요즘 같은 세상, 도시에서 이런 집 얻기 어렵죠. 1층 미용실은 여기 사는 사람 2,000원 할인해 줘요. 이발하고 나가면 사람들이 참 잘 했다 해요."

아저씨는 내가 일부러 빼먹은 얘길 했다. 1군들에게는 할인 혜택이 없다는.

"네에, 저는 단골이 있어서요."

아빠 단골은 원더 그랜디움 상가에 있다. 엄마의 '솔직히 짤'과 경매로 넘어간 103동 1504호에 대한 소문이 파다한, 원더 그랜디움 상가.

"아저씨, 저기 몸도 불편하신 것 같은데 거기 계시다 다치겠어요. 지금 아저씨 얘기 들어 드릴 상황이 아니어서요."

엄마가 차갑게 아저씨를 밀어냈다. 비타민 음료도 받지 않았다.

"아저씨, 감사합니다."

나는 아저씨 손을 잡고 엘리베이터를 탔다.

"죄송해요. 저희 엄마가 좀."

"괜찮아, 괜찮아. 차차 친해지겠지."

아저씨는 애써 웃었다. 아저씨는 내가 아는, 세상에서 제일 선한 사람이다. 누구든 좋은 사람이라고 믿어 주는 편이다. 선한 마음을 악용하는 사람들 때문에 돈을 떼어먹힌다. 상처를 받는다. 길동 씨는 속이 터진다.

"그게, 저희 엄마가 좀."

엘리베이터 문이 열리고,

"싸가지가 없구나. 매우."

길동 씨 목소리가 들렸다. 302호 현관 앞에서, 엄마 아빠와 아저씨가 나눈 얘길 들은 것 같았다. 길동 씨는 대놓고 말하는 성격이다. 순례 씨처럼 나를 생각해서 부정적인 말을 삼가는 일은 아마 없을 거다.

'곧 한판 붙겠구나.'

길동 씨는 화 안 내고 사람 약 올리는 데 선수다. 도서관에서 『세상의 바보들에게 웃으면서 화내는 방법』이라는 책 제목을 보고, 길동 씨 생각이 났다. 고수 홍길동에게 우리 엄마 아빠는, 하수(下手) 중의 하수다.

39평 살림을 14평으로 줄이는 일은 예상보다 더 힘들었다. 엄청나게 팔고 버렸지만 여전히 많았다. 집 크기에 비해 옷, 책, 그릇, 신발이 넘쳤다. 꾸역꾸역 살림을 집어넣었다. 사는 데 필요한 물건이 있는 게 아니라, 물건 더미에서 살 곳을 찾는 느낌이었다. 끝내 못 들여놓은 아빠 책상은 1층 주차장에 두었다.

"내 것 팔 때 아빠 것도 팔자니까."

내 책상은 만 원에 팔았다. 아빠는 팔지 않고 버텼다. 책상을 팔면 전임교수가 되는 꿈을 파는 것 같다고.

'뭐야, 그럼 내 꿈은 팔아도 돼?'

하는 생각이 들었지만, 화가 나진 않았다. 그 책상에서 별다른 꿈을 키운 적은 없는 것 같아서. 나는 책상을 팔면서 짐을 많이 정리했다. 내 옷, 책, 학용품, 잡동사니, 가방…… 큰 상자 두 개, 이삿짐센터 소쿠리 두 개, 캐리어 하나, 배낭 하나에 다 들어갔다. 언젠가 1군들 집을 나갈 때, 택시 트렁크와 뒷좌석에 실을 수 있는 정도였다. 홀가분했다.

"수림아, 옥탑방에 공간이 있더라."

아빠가 물었다.

"응."

"거기에 저 책상 올려놓으면 안 될까?"

"올려놓고 뭐 하려고."

"뒀다가 나중에 이사할 때."

"안 돼."

내가 아빠 말을 잘랐다.

"거긴 창고가 아니야. 나눠 먹고 나눠 쓸 것만 둬."

"그럼 402호에 두는 건 어떨까? 거긴 방 세 개지? 순례 씨한테 네 방 하나 만들어 달라고 해."

엄마가 끼어들었다.

"좋은 생각. 어머님이 외로우시지. 곁에 우리 수림이가 있으면 좋지."

아빠가 맞장구를 쳤다.

"솔직히 말해서, 순례 씨는 독거노인이잖아. 솔직히 말해서, 수림이가 있으면 아플 때 119에 전화해 줄 수도 있고."

엄마가 거들었다.

'순례 씨를 언제 그렇게 생각했다고. 나를 맡길 때도 이랬을까?'

오기가 생겼다. 가출을 하더라도 밀려서 나가진 않겠다고. 순례 씨가 402호에서 자는 걸 허락하지 않겠다고 한 이유가, 이런 잔꾀를 간파했기 때문일지도 모르겠다.

"잠만 자는 방도 월세 20만 원은 내야지. 그만큼 더 낼 거면 말씀드려 볼게."

두 사람은 입을 다물었다. 그러고는 오미림 짐을 정리하기 시작했다. 약속과 달리 오미림 책상 서랍 두 개를 비워 주지 않았다. 내겐 서랍이 없는데.

"내 서랍 비워 줘."

"어, 솔직히 말해서…… 언니가 환경이 변해서 힘드니까…… 순례 씨에게 부탁해서 네 방을 402호에 한 번."

엄마가 우물쭈물했다.

"월세 20만 원씩 더 낸다고?"

"아니 그게 아니라."

"엄마, 그만 빌붙자. 벼룩도 낯짝이 있어."

"뭐?"

"그동안 은혜를 얼마나 입었는지 알면서…… 어떻게 더 부탁해."

"나쁜 계집애."

"뭐?"

"그 할머니 은혜만 하늘 같지?"

엄마가 서랍 하나를 신경질적으로 비우며 물었다.

"아니."

"그럼 뭐, 누구 은혜가 하늘 같아?"

"엄마 은혜."

"맘에도 없는 소리 하지 마."

"내가 뭣 하러. 엄마 아빠 앞에서 맘에 있는 소리도 안 하는 거, 잘 알잖아."

"그래서 뭐, 뭐, 무슨 은혜가 하늘 같은데?"

"날 목숨 걸고 낳아 준 은혜."

"……."

"엄마 덕분에 태어나서 행복하게 살잖아."

엄마가 잠깐 손을 멈추더니 뒤돌아서 나갔다. 우는 것 같았다.

나는 기어이 내 물건들을 201호에 다 정리했다. 402호로 올려 보낼 핑계를 줄이려고. 수납 공간이 부족해서 이불은 넣을 수가 없었다. 바닥에 개어 놓았다가 펴서 자는 수밖에. 엄마 아빠는 언니를 데리러 갔다. 나는 순례 씨에게 가고.

"최측근, 저녁 먹었니?"

"응."

"뭐 먹었어?"

"점심은 짜장면, 저녁은 컵라면."

"뭐 더 줄까?"

"응. 계란밥."

순례 씨가 계란밥을 만들어 줬다. 계란밥은 내가 이유식을 뗄 즈음부터 먹은 거다. 밥, 달걀프라이, 간장, 참기름이 들어간다. 계란밥은 순례 씨가 비벼 줘야 맛있다.

"아아, 세상에서 제일 맛있는 계란밥."

내가 감탄을 했다.

"수림아, '아'도 감탄사 '아아'도 감탄사다. 근데 '아아아'는 아니래."

"국어책에 나와?"

"아니, 진하가. 국어사전에 안 나와서 아니래. 그래도 나는 뭐, 그냥 다 감탄사로 생각하기로 했어. 아아아, 김순례가 비빈 계란밥이 맛있는 비결을 알아?"

"손맛?"

"야, 내가 손맛이 어딨어. 이 동네 할머니들 중에 내가 제일 꽝이야."

"그렇긴 하지."

"비결은 간장이랑 참기름을 다른 사람이 만들었다는 거지. 그냥 비비기만 해서 맛있는 거야. 수박도 줄까?"

"응."

순례 씨가 잘라 놓은 수박을 줬다. 순례 씨는 수박을 깍두기처럼 썰어서 통에 담아 둔다. 반을 잘라서 랩으로 씌우는 일은 없다. 랩으로 씌운 부분에 균이 들끓는다는 정보 때문이 아니다. 랩은 비닐이고, 비닐을 덜 쓰려고 그러는 거다.

"맛있다."

수박은 내가 제일 좋아하는 과일이다. 할아버지가 돌아가신 다음부터 원더 그랜디움 냉장고엔 과일이 줄었다. 아파트를 떠나기 한 달 전 즈음부턴 아예 없었다. 2019년 1월까지, 나에게 과일은 늘 집에 있는 거였다. 순례 주택에서도, 원더 그랜디움에서도. 특별히 감사해 본 적은 없었다. 이제야 감사한 생각이 든다. 십육 년 동안 내가 과일을 먹고 살게 해 준 모든 분께.

"아까 아빠 때문에 기분 나빴지?"

"아, 어머니라고 해서? 그렇지. 어머니보다야 동거녀가 낫지. 니 엄마 요즘은 나 동거녀라고 안 하니?"

"내가 못 하게 했지."

"왜 못 하게 해. 동거녀, 좋잖아. 뭔가 아직도 꽤 근사한 남자랑 연애하고 막 같이 살 가능성이 남아 있는 느낌이잖아?"

순례 씨가 주름이 자글자글한 볼을 쓰다듬으며 말했다.

"순례 씨, 저번에 순례 씨랑 엄마 아빠 얘기한 게 도움이 됐어."

"그래?"

"역시 순례 씨의 지혜가 필요해. 그래서 말인데, 터놓고 말하면 안 돼?"

"뭘?"

"1군들 말이야. 그냥 흉도 보고 편하게 얘기하자."

"좋아, 그냥 흉봐."

가슴이 뻥 뚫린 것 같았다. 순례 씨랑 1군들 흉보며 웃다 보면, 문제에서 한 걸음 더 떨어질 수 있을 것 같았다.

"니네 엄마 아빠 금실 좋지?"

"어, 정말 개거지같이 좋아."

"대단한 금실이던데. 4층의 이혼녀 겸 전 동거녀가 약이 올라 줘야 하는데. 그게, 하나도 안 부럽네. 여봉? 계단 조심하세용?"

순례 씨가 아빠 흉내를 냈다.

"으흐흐."

역시 순례 씨다. 나에게 살길을 열어 주는.

3부

9

오미림은 순례 주택에 발을 들여놓기 전부터 울었다. 거북 분식 앞에 놓인 '미림' 때문이었다. 본인 이름과 한글 표기가 같은 맛술 '미림' 때문에 오미림 별명은 한때 '맛술'이었다.

맛술 미림은 대용량으로도 나온다. 18리터짜리 통에 담겨서. 사장님은 물을 채운 미림 통을 퇴근할 때 식당 앞 주차 공간에 둔다. 누군가 주차를 해 버리면 새벽에 재료를 받기 어렵기 때문이다.

"무서워."

오미림이 말했다. 처음이었다. 오미림과 좁은 방에 단둘이 누운 것, 그리고 두려움을 나한테 솔직하게 털어놓는 것.

"뭐가?"

"미림 통이 내 운명을 예언하는 것 같아."

"무슨 예언?"

"밤에 집에 올 때마다, 창밖으로 길을 볼 때마다 저 통이 있을 거잖아."

"그게 뭐."

"난 이렇게 후진 동네 길바닥 같은 데서, 꼼짝 못 하고 평생 살 것 같은."

오미림이 한숨을 쉬었다.

'이렇게 후진 동네 길바닥 같은 데…….'

다른 때였으면 발끈했을지도 모른다. 순례 주택을 폄하했다고. 이상하게 화가 나지 않았다. 오미림이 조금 안쓰러웠다. 하마터면 어깨를 토닥여 줄 뻔했다.

"언니, 여기 되게 멋진 동네야. 순례 주택 사람들도 되게 멋져. 평생 살아도 괜찮을걸."

나는 천천히 오미림을 위로했다. '언니'라는 말도 넣어서. 오미림에게 진심을 담은 말을 다정하게 건넨 건, 태어나 처음인 것 같았다.

"뭐? 차라리 저주를 해라. 이 골목 들어오면서 차를 몇 번이나 피했는지 알아? 우리 원더 그랜디움은 지상에 차가 없는데. 완전 후졌어. 이렇게 위험하고 후진 데서 평생 살라고?"

오미림이 등을 휙 돌렸다. 토닥여 주고 싶은 마음이 싹 가셨다. 나는 자리에서 일어났다. 창문 앞에 섰다. 402호에서 바라본 풍경과 많이 달랐다. 사람들 발소리와 말소리, 야식 배달 오토바이 소리…… 모든 게 좀 더 가까웠다. 나는 주로 402호에서 지냈기 때문에 할아버지가 여름밤 소음에 시달린 걸 몰랐다. 희미하게 음식물 쓰레기 냄새도 났다. 가로등 아래 쌓여 있는 쓰레기봉투, 그 옆 음식물 쓰레기통이 선명하게 보였다.

'할아버지, 보고 싶다. 미안해.'

가슴이 찌르르했다. 나는 오미림을 밟지 않게 조심조심 부엌으로 나왔다. 부엌 창 앞으로 갔다. 창문 너머 골목에서 누군가 담배에 불을 붙이고 있었다. 201호로 연기가 들어올 것 같았다.

'누구지?'

나는 모기장에 얼굴을 바짝 갖다 댔다.

"수림아, 이사 잘 했어?"

상대방이 먼저 날 알아봤다.

"박사님?"

"응."

"거기서 담배 피우지 마요. 여기로 들어와요."

"아, 미안. 생각이 짧았다. 담배 끊어야 하는데."

박사님이 담배를 비벼 껐다. 꽁초를 주웠다.

"수림아, 이 책상 버릴 거니?"

"아마도."

"혹시 버릴 거면, 내가 가져가도 될까? 내 책상 한쪽이 꺼졌거든."

반가운 소리였다. 폐기물 스티커를 붙이는 것보다 한결 나았다.

"하루만 더 기다려 주세요. 아직 결정을 못 했어요."

"응."

부엌 창문에선 방앗간이 정면으로 보였다. 할아버지가 왜 "홀아비 사는 집에 고소한 냄새가 가득하다."고 했는지 알 것 같았다.

"수림아."

뒤에서 엄마가 불렀다. 엄마는 하얀 원피스 잠옷을 입고 있었다. 귀신 같았다.

"잠이 안 와?"

"솔직히 말해서 시끄러워. 너무 더워. 퀴퀴한 냄새 나고……
힘들어."

"문 닫고 에어컨 켤까?"

"저 코딱지만 한 에어컨으로 다 된다고?"

엄마가 거실에 달린 벽걸이 에어컨을 가리켰다. 할아버지
가 쓰던 201호 기본 옵션.

"집이 좁잖아. 엄마는 창문 닫아. 내가 틀어 볼게."

나는 에어컨을 켜고 온도를 낮췄다. 퀴퀴한 냄새는 나지
않았다. 박사님이 필터 청소까지 해 둔 것 같았다. 집 안은
금세 시원해졌다.

"좀 낫지?"

"응."

"수림아, 저 방앗간 잘되니?"

"어. 전에는 떡을 많이 했는데, 요즘은 안 해. 주인 할머니
할아버지가 나이 드셔서, 떡 만드는 게 힘들대. 기름 짜고 고
춧가루 빻는 것만 해. 참, 미숫가루도 만든다."

"아, 방앗간 기계 소리 엄청 시끄러운데. 솔직히 말해서

정말 후졌어. 누가 집을 이따위로 환기가 안 되게 설계했어."

"할아버지."

"어엉?"

"우리 할아버지가 설계에 참여했다고."

"……."

"이 동네 투룸이 대부분 그래. 그래도 순례 주택은 벽이 두꺼워서 냉난방이 잘 되는 거야. 창호도 좋은 거고. 화장실 문을 열고 화장실 창문까지 열면 괜찮을 거야. 오늘 같은 열대야 빼고. 402호는 꽤 시원한데 여기는 바람이 잘 안 통하네."

"4층은 시원하다고?"

"응."

"아니, 그 할머니는 왜 자기 남자 친구를 여길 줘. 솔직히 말해서, 사랑하면 401호를 줬어야지."

"엄마."

"왜?"

"꼭 솔직하게 말해야 돼?"

"뭐?"

"어른이 왜 솔직해? 마음을 좀 숨겨. 솔직히 말하는 인터뷰한 다음에 아파트 카페에서도 쫓겨났잖아. 거북 마을 사람들은 얼마나 상처받았는지 알아? 왜 진하한테는 길고양이랑 빌라촌 애들 얘길 같이 했어. 진하는 얼마나 상처받았는지 알아?"

"그 얘긴 또 왜 하는데? 아후 성질 나. 솔직히 말해서, 원더 그랜디움 집값 올리느라고 내가 시간 무지 투자했다. 그런 나를 카페 운영진에서 쫓아내? 길고양이 밥 주는 인간들에게 상처받은 거 생각하면 아주 이가 갈려."

한숨이 나왔다. 나는 '엄마가 준 상처' 얘길 하는데, 엄마는 '자기가 받은 상처'를 얘기했다. 이런 게 싫어서 말을 잘 안 하고 지냈다. 이젠 안 할 수가 없다. 순례 주택에 적응하게 도와야 하니까.

"엄마, 그래서 마음이 막 아파?"

"뭐가?"

"집값 올랐는데 아파트 날아가서?"

"그래."

"다른 걸로는 마음이 안 아파?"

"뭐, 뭐?"

"사랑하는 아빠가, 이렇게 환기 잘 안 되는 집에서 십 년을 산 게? 그러게 왜 할아버지 집을 점거했어. 할아버지는 바람 잘 통하는 아파트에서 하룻밤도 못 자고 죽었잖아. 자기 집인데."

"……."

"마음 아프지 않아? 나는 마음이 많이 아파."

눈물이 났다. 어둠 속이었지만 엄마 앞에서 운 건 아주 오랜만이었다.

"오수림."

"……."

"너 솔직히 말해서, 우리 괴롭히려고 여기 데리고 들어왔지? 솔직히 말해서, 너만 떼어 놓고 키웠다고 지금 복수하는 거지?"

엄마 목소리가 떨렸다.

"여보, 왜 그래요? 수림이가 여기 구하지 않았으면 어쩔 뻔했어요."

아빠가 방에서 나와, 엄마와 나 사이에 섰다. 엄마는 가끔 마음 깊은 곳을 정확하게 짚어 낸다. 나에겐 1군들을 괴롭히고 싶은 마음이 있다. 나에게, 할아버지에게, 순례 씨에게,

진하에게, 그리고 빌라촌 사람들에게 준 상처를 그대로 겪게 하고 싶다.

나는 서둘러 현관 밖으로 나왔다. 이사 첫날 가출이다. 화보다 민망함이 컸다. 내 마음 깊은 곳, 복수심을 들켜 버린.

'후, 너무 가까워.'

원더 그랜디움에선 가출을 좀 가출답게 할 수 있었다. 1504호 현관에서 순례 주택까지 이삼십 분 걸리니까. 걷다 보면 마음이 좀 가벼워지기도 했다. 이제 너무 가깝다. 402호까진 삼십 초, 옥탑까진 일 분 이하다.

옥탑방엔 진하랑 원장님이 있었다.

"저 들어가도 돼요?"

원장님이 들어오라는 손짓을 했다. 원장님은 굳은 표정이었지만 나는 별로 긴장하지 않았다. 원래 그러니까. 원장님은 사람을 봐도 잘 웃지 않는다. 빈말도 잘 못한다. 자기가 파마를 해 놓고, "잘 안 어울리시네요." 하고 말해서 돈을 못 받은 적도 있다.

"수림아, 우리 엄마 좀 심각해."

"응?"

나는 원장님 얼굴을 들여다봤다. 평소와 다를 바 없는 표정이었다.

"1군들이 앞집에 와서요?"

내가 물었다. 원장님이 고개를 가로저었다.

"오빠 때문에. 오빠 기말 성적표가 나왔는데, 한문 전교 꼴찌야."

진하가 말했다.

"어?"

"오빠가 세상에서 제일 못하는 게 한문인데, 한문을 선택했어."

"왜?"

"한문을 잘 아는 게, 인생에서 중요하다는 생각이 들어서 그랬대."

"헐."

오빠는 원장님을 닮아 손재주가 좋다. 일찌감치 미용사가 되겠다는 목표를 정했다. 중3 때 미용사 자격증을 땄다. 오빠가 제일 잘하는 건 예체능, 나머지는 중하위권이다.

"진하, 네가 가르쳐."

원장님이 말했다.

"얼마 줄 거야?"

진하가 손바닥을 펴서 내밀며 물었다.

"중간까지 오르면 20만 원, 하위 20프로 벗어나면 10만 원."

"계속 꼴찌 하면?"

"그래도 5만 원."

"좋아."

원장님이 진하 손바닥을 쳤다. 그러고는 옥상 정원으로 나갔다.

"원장님 오빠 성적에 신경 안 쓰시지 않아?"

"그랬지."

"이번엔 왜?"

"꼴찌라서. 우리 엄마 꼴찌에 예민하더라. 처음 알았어. 오빠가 꼴찌는 처음 했거든."

"아아."

병하 오빠는 특이하게도, 자기 친구들이랑 놀 때 동생을 끼워 주는 어린이였다. 동생 친구인 나도 끼워 줬다. 병하 오빠 친구들과 나, 진하는 거북 마을 골목에서 해가 질 때까지 놀곤 했다. 진하는 초등학교 고학년 때부터 오빠보다 영어나 과학 실력이 나왔는데, 오빠는 "진하야, 이것 좀 가르쳐 줘."라는 말을 망설임 없이 했다. 오빠는 아마도 아무런 저항 없이 진하에게 한문 과외를 받을 거다.

옥탑문 여는 소리가 들렸다. 엄마였다. 나를 찾으러 온 것 같았다. 정원에서 원장님과 엄마가 어색한 인사를 나누는 모습이 보였다.

"오, 21세기 원수들은 외나무다리 말고 옥상 정원에서 만나네. 아줌마들 구경하자."

진하가 내 손을 잡아끌었다.

'아, 나는 구경할 상황이 아닌데.'

나는 진하에게 끌려 나갔다. 마주 선 원수들이 있는, 정원 한가운데로.

"202호도 개미 있어요?"

엄마가 고개를 내저으며 물었다.

"있다 없다 해요."

원장님이 대답했다.

"불개미예요. 독침은 퇴화되었죠. 포름산을 뿜어서 통증과 가려움증을 유발합니다."

진하가 불쑥 끼어들었다. 진하 머릿속에는 많은 과학 지식이 들어 있는데, 불쑥 입으로 나오는 경향이 있다. 심지어 수업 시간에도. 아는 척을 한다고 오해를 산다. 내가 보기엔 그건 통제 불가능한 상황이다. 병뚜껑을 열면 거품이 터져 나오듯 '자동 발사'된다고나 할까.

"솔직히 말해서, 원더 그랜디움은 관리사무소에 말하면 되는데. 여긴 어떻게 하죠?"

엄마가 물었다.

"소금을 뿌리세요. 굵은 소금을 팍팍."

원장님이 엄마 얼굴에 소금 뿌리는 시늉을 했다.

"아, 소금."

엄마는 눈을 끔벅거렸다.

"불개미는 굵은 소금 냄새를 기피합니다."

진하가 또 끼어들었다. 나는 끼어들 수가 없었다. 가슴이 두근거렸다. 짠 걸 잔뜩 먹은 것처럼 목이 탔다.

"진하, 니가 굵은 소금 팍팍 뿌려 드려라."

원장님이 말했다.

"네."

진하가 냉큼 대답했다.

"아니, 굵은 소금은 우리도 있는데. 제가 직접."

“수림 엄마, 사양 마세요. 작년에 한 포대 사 놨거든요. 아주 짠 걸로.”

원장님이 엄마 말을 자르고 들어왔다.

“아니, 괜찮……”

“우리 진하가 개미 길을 잘 알아요. 진하야, 네가 직접, 아끼지 말고 아주 팍팍 뿌려 드려.”

원장님은 또 엄마 말을 잘랐다.

“네!”

진하 목소리에 힘이 실렸다. 옥탑방 불빛 덕분에, 희미하게 웃고 있는 원장님이 보였다.

‘헛.’

날카롭고 희미한 웃음이 낯설었다. 원장님에게도 그런 표정이 있었다. 복수의 쾌감이 담긴 듯한.

10

안방과 내 방 사이에 거실이 사라지면서, 벽걸이 에어컨 냉기에 의지해 네 명이 잠들어야 하는 열대야를 보내면서, 많은 걸 엿듣게 되었다.

엄마 아빠가 가진 현금은 32만 원, 사용 한도가 남은 카드는 하나, 돌려막고 있는 카드 빚은 500만 원 정도였다. 통신료, 의료보험료, 오미림 학원비 밀린 게 모두 300만 원쯤 됐다. 그냥 알거지가 아니었다. 빚만 800만 원이었다.

원더 그랜디움에서 친하게 지내던 부부 모임—'누가 누가 더 어린가 내기 모임'—및 거북 원더 그랜디움 카페 운영진 중에, 떠나는 1군들을 배웅해 준 사람은 없었다. 엄마 아빠는 서운한 눈치였다.

"명주까지도 인정머리 없이 구네요."

명주 이모는 엄마의 유일한 친구다. 다섯 살짜리 딸을 키우면서 프리랜서 편집자로 일한다. 지역 인터넷 신문 객원 기자도 한다. 엄마는 명주 이모에게 그런 일자리를 소개해 달라고 부탁했는데, 명주 이모는 엄마에게 경력이 없어서 어려울 거라고 말했나 보다.

"내가 명주보다 공부 잘했거든요? 저도 하는 걸 내가 왜 못해요. 명주는 대졸이고 나는 대학원졸이라고요."

엄마는 단단히 삐친 것 같았다. 엄마가 걸핏하면 중학교 때 성적을 들고나와 씹는 것도 모르고, 명주 이모는 엄마를 '형제자매 엄마 없는 애'라고 불쌍히 여긴다. 할아버지 장례식장에선 엄마를 붙잡고 엄청나게 울었다. 이제 엄마가 '형제자매 엄마'에 이어 '아빠'까지 없는 애가 되었다고. '친구를 보면 그 사람을 안다.'라는 말은 '세상 부모 마음은 다 똑같다.'라는 말만큼이나 어이없다. 부모 마음은 다 다르다. 친구도 다 다르다. 친구를 보고 그 사람을 판단하면 안 된다. 한쪽이 너그러워서 상대방을 봐주고 있을 수도 있으니까. 명주 이모처럼.

"둘째 누나가 날 얼마나 예뻐했는데요. 자취할 때도 이사

하면 꼭 찾아왔어요. 이사하고 누나가 안 온 적이 한 번도 없다고요. 조금만 참고 기다려요. 둘째 누나가 재산도 좀 있잖아요."

아빠는 이사한 집 사진을 찍어 둘째 고모에게 전송했다. 나머지 고모들에겐 연락을 할 수 없는 형편이었다. 아빠 문자와 전화는 수신 거부, 카톡은 차단했으니까.

"예. 둘째 형님이 제일 착해요. 시누이 노릇도 별로 안 하고."

엄마가 맞장구를 쳤다.

'둘째 고모한테 톡 할까? 절대 오지 말라고.'

나는 폰을 만지작거렸다. 1군들이 이미 추락해서 바닥에 닿은 건지, 아니면 곧 치명상을 입고 바닥에 떨어질 건지 판단이 안 섰다.

"허, 이 동네는 뭐 이래요. 밤이 되니까 트럭에 리어카에…… 아주 지저분하고 복잡해요."

엄마가 투덜거렸다. 그러고 보니 아파트 주차장에서 리어카를 본 적은 없다. 1톤 트럭도. 먹고사느라고 1톤 트럭이나 리어카가 필요한 사람이 아무도 없단 얘기다. 거북 마을에 주차된 '바퀴 달린 것'들은 다양하다. 자가용, 트럭, 오토바이, 리어카, 리어카를 장착한 오토바이까지.

"여보, 조금만 참아요. 이번에 전임 되면 대출받아서 원더 그랜디움 삽시다."

"네에."

빚만 800인 신입 전임교수에게 은행은 얼마를 대출해 주는지 궁금하다. 원더 그랜디움 39평은 8억이 넘는다. 제일 작은 25평도 5억이 넘는다. 일 년에 1,000만 원씩 십 년을 모아야 1억이 된다. 내 생각에 1군들이 원더 그랜디움을 사는 방법은 딱 하나—로또 1등 당첨뿐이다.

"여보, 301호 봤어요?"

"네, 대학에서 시간 강사 한다던데요?"

"301호는 좀…… 공부하는 사람인지 막일하는 사람인지 모르겠어요. 아까 계단 청소 하고 있더라고요."

"수림이랑 그 여자랑 우리를 숨 막혀 죽게 하려고 데려온 것 같아요. 시간 강사 하면서 다른 일 하는 사람도 있다, 그러니까 니들도 그렇게 살아라, 뭐 그런 것 같다니까요. 뭔가 말려든 느낌이에요."

엄마 목소리가 날카로워졌다.

"설마."

"그것뿐이 아니에요. 오늘 낮엔 그 여자까지 거북 분식에서 김밥을 말고 있는 거예요. 뭐, 건물주도 이런 일 하는데 너는 뭐 하냐, 그러면서 나를 괴롭히는 기분?"

순례 씨는 오늘 점심에 사장님을 도와줬다. 새벽 김밥 주문이 있는 날이라 쓰러질 것 같다는 SOS를 듣고. 나는 순례 씨가 왜 그랬는지 알 것 같다. 201호가 1군들에게 넘어가고 삐쳐 버린 사장님 마음을 풀어 주려고 간 듯하다.

"여보, 작게 말해요. 애들이 들어요."

작게 말하라는 아빠 목소리가 더 잘 들렸다.

"301호는 새벽 배송 한대요. 입주 청소도 한대요."

"교수 되는 거 포기했나 봐요. 어느 대학 나왔나 궁금해서, 아까 물어봤어요."

'헉!'

사고였다. 아빠가 사고를 쳤다. 학번을 묻지 말라는 생활수칙만으론 안 됐다. 출신 학교도 묻지 말라고 해야 했다. 난 어떻게든 상황을 만회해 보려고 구원투수로 나섰지만, 수비수들은 도무지 포지션을 지켜 주지 않았다.

"301호 어느 학교 나왔대요?"

"사립대 나왔대요. 그래서 부모님이 등록금 대느라고 고생하셨다고."

"다른 얘긴 안 하고요?"

"네."

"후진 대학인가 보네요. 그러니까 말 안 하겠죠?"

"나도 딱 그 감이 오더라고요."

"어쩐지. 막일하고 살더라."

"우리 조심합시다. 우리 같은 명문대 출신한테 열등감 있을 거예요."

박사님은 엄마 아빠랑 같은 대학 출신이다. 박사님 엄마가 순례 씨를 붙잡고 말해서 알았다. 좋은 대학 나온 우리 아들이 이렇게 고생하고 살 줄 몰랐다고. 박사님 입으론 그런 말을 안 한다. 학교 밖에서 노동을 하며 배우는 게 많다는 얘긴 해도. 나는 '박사님은 엄마 아빠와 동문'이라는 걸, 할아버지 장부 사진처럼 아껴 두기로 했다. 결정적인 순간에 쓰려고.

창밖 가로등이 너무 밝았다. 나는 어둡지 않은 곳에서 잘 못 잔다. 잠이 들어도 중간에 여러 번 깬다. 방으로 스며든 빛 때문에 눈을 반쯤 뜨고 자는 오미림 얼굴이 잘 보였다. 새벽에 깨서 이 얼굴을 보고 귀신 본 듯 비명을 지르면 어쩌나 고민하며 눈을 감았다. 아빠 목소리가 들렸다.

"아! 둘째 누나 톡 확인했어요."

"정말, 정말 확인했어요?"

엄마 목소리가 커졌다.

"기다려 봅시다. 둘째 누나 저녁형 인간이잖아요. 늦게 자니까 답장할 거예요. 내용증명 보낸 다음에 누나가 내 톡 확인한 거 처음이에요."

폰 진동이 바로 울렸다.

'헐, 둘째 고모 진짜 이 시간에 답장?'

아빠 폰 진동이 바로 옆에서 울린 것처럼 느껴졌다. 나는 그런 진동에도 잠이 깬다. 여기서 1군들과 함께 자야 할 수많은 밤이 걱정스러웠다. 진동이 또 울렸다. 또 바로 옆처럼 느껴졌다. 나는 잠드는 걸 포기하고 눈을 떴다.

'헉!'

내 폰 화면에 불이 들어와 있었다.

수림아
자는데 깨웠니?

둘째 고모였다. 나한테 잘못 온 건 아닌 듯했다. 내 이름을 찍었으니까.

니 엄마 아빠 언니 옆에 있니?

안 자요.
언니 자고. 엄마 아빠 딴 방에 있어요.

내가 연락한 거 비밀이다

네

이사 잘 했어?

그냥요

엄마 아빠 모르게 내일
우리 동네로 좀 올 수 있니?

네

그럼 접선 장소를 톡으로 보낼게.
알리바이 잘 만들고 와라

네

잘 자라

안녕히 주무세요

"내 톡 씹었어요."

아빠 목소리가 들렸다.

"늦어서 그러시겠죠. 내일 답장하실 거예요."

엄마가 한숨을 쉬었다. 둘째 고모는 버스를 타고 사십 분쯤 가면 되는 곳에 산다. 엄마가 엄청 부러워하는 아연동, 그중에서도 제일 비싼 아파트. 기분 좋다. 아빠가 간절히 기다리는 둘째 고모가 몰래 접선하는 사람이 '나'라는 게. 나는 더 이상 원더 그랜디움 103동 1504호 모지리가 아니라는 사실을 재확인하며, 1군들에게 제공할 '알리바이'를 구상하다 스르르 잠이 들었다.

11

안방에 상을 펴고 아침을 먹었다. 새집에서 넷이 함께하는 첫 식사였다. 아빠와 오미림 다리가 내 다리에 닿았다. 다리를 상 밖으로 빼고 비스듬히 앉았다.

"아, 좁아."

오미림이 짜증을 냈다. 그러면서도 자세를 바꾸지 않았다. 살을 맞대고 먹었다.

"우리 아버지는 상 좁다고 하면 혼냈어. 말이 씨가 돼서 식구가 하나 준다고."

아빠가 말했다. 나는 불편한 자세로 밥을 먹으며 생각했다. 오미림은 지금 혼이 난 건가, 안 난 건가.

"이 상은 셋이 정원이야. 담부터 넷이 다 모이지 말자."

오미림이 말했고,

"그래."

아빠가 대답했다. 오미림은 안 혼난 거였다. '셋이 정원'이라는 말이, 1군들과 합류했던 여덟 살 때의 불쾌한 기억—엄마 아빠가 나에게 잘해 주는 꼴을 못 봤던 아홉 살 오미림 어린이—을 떠오르게 했다.

'오미림, 너랑 안 먹는 건 좋아. 대신 순례 씨 밥 안 먹어. 여기서 먹지.'

나는 구운 햄을 잔뜩 집어 밥 위에 올렸다. 그리고 생각했다. '오늘의 알리바이'에 대해서.

아연2동 주민센터 건너편 아연면옥 12시

어젯밤 둘째 고모가 보내 준 접선 장소와 시간이었다.

'뭐라고 하고 나가지? 방학 숙제 때문에 박물관 같은 데 가야 된다고 할까?'

치밀한 알리바이를 대려면 구체적인 박물관 이름이 필요했다.

'고모랑 접선에 필요한 시간을 계산한 다음에…… 접선

장소에 가는 버스 노선과 겹치는 박물관을 찾은 다음에……
박물관 입장료나 휴관일 같은 걸 알아보기 위해서 검색한
다음에…… 들키지 않으려면 화장실에 폰을 가지고 들어가
서 검색을…… 오, 머리 잘 돌아간다.'

나름 뿌듯해하고 있는데 엄마 질문이 훅 들어왔다.

"수림아, 오늘 시간 많지?"

"왜."

"세탁소 좀 갔다 와. 그랜디움 세탁."

"왜."

"아빠 양복 찾아와. 최종 면접에서 입을 거. 언니 교복 치
마랑."

"왜 내가?"

"너는…… 괜찮을 것 같아서."

"나도 들고 오려면 더운데."

"야, 더운 거 따지는 게 아니잖아."

오미림이 끼어들었다.

"그럼 뭐?"

"너는 별로 안 창피하잖아. 원더 그랜디움 지금 가는 게."

'나는 별로 안 창피한가?'

잠시 생각해 봤다. 별로 안 창피한 정도가 아니었다. 전혀 창피하지 않았다.

"점심땐 어딜 가야 해서. 4시쯤 찾아와도 돼?"

"어. 그리고 저기, 세탁소 주인이 뭐라고 해도, 엄마랑 얘기하라고 해. 넌 아무 말 말고 옷만 가져와."

엄마가 한숨을 쉬었다.

'어딜 가냐고 물어보면 어떡하지? 아직 박물관 검색 못했는데…….'

걱정되었다. 그리고 잠시 후, 정말 쓰잘데기 없는 일로 걱정했다는 걸 깨달았다. 아무도 내가 어딜 가는지 묻지 않았다. 편안하게 고모를 만나고 오면 되는 거였다. 1군들에게 나는 비밀 접선자로 뽑힐 인물로, 코딱지만큼도 여겨지지 않으니까.

접선 장소는 유명한 냉면집이었다. 점심시간에 대기 번호표를 받아야 하는. '접선'이나 '알리바이'와는 어딘가 어울리지 않는 장소였다. 굳이 어울리는 걸 꼽자면 고모의 '위장'이었다. 고모는 지희 언니(고모 외동딸, 30세) 야구 모자와 옷을 빌려 입고 나온 것 같았다. 백수인 지희 언니 옷은 주로

트레이닝복인데, 고모에게 너무 컸다. 접은 바짓단이 풀려서 바닥에 끌렸다.

"고모, 접선 장소치고 너무 북적거리지 않아요?"

"아냐. 원래 사람이 많은 데가 숨기 좋아."

"고모네 동넨데 위장은 왜 하셨어요?"

"휴, 니 식구만 모르면 되는 일이 아니다. 고모들도 무서워. 이 동네에 니 넷째 고모 친구 살아."

둘째 고모는 '오냐오냐 다 받아 줘서 남동생과 딸 버르장머리를 망친 사람'으로 몰리고 있는 상황을 털어놓았다. 아빠에게 돈을 주면 둘째 고모와도 인연을 끊겠다고 나머지 고모들이 벼르고 있었다. 고모 얘기는 냉면을 다 먹을 때까지 이어졌다. 그래도 괜찮았다. 냉면은 정말 맛있었다. 만두도.

"수림아, 나도 이사할 거야. 집 내놨어."

"네?"

"어유. 이 동네 우리 지희 동창들 많잖아. 동창 부모들은 왜 그렇게 길에서 자주 마주치는지…… 뭐 하냐고 물어 대니까 우리 지희가 더 안 나가. 아주 은둔형 외톨이 되게 생겼어."

"아."

"수림아, 은둔형 외톨이에 비하면 백수는 하늘 같은 자식이다. 백수에 비하면 취업 준비생은 뭐 하늘 위에 계신 분이지. 우리 지희도 작년까진 취업 준비생이었는데……. 그놈의 친구 부모들…… 어느 대학 갔는지 궁금해하던 인간들이, 이젠 어디 취직했나 궁금해 죽겠나 봐. 요샌 하나둘 결혼하니까, 그럴싸한 며느리 사위 본 얘기로 경쟁하기 시작했다니까. 좀 있으면 새로운 경쟁이 생길 것 같아."

"뭐요?"

"누구 손주가 먼저 곤지곤지하나."

고모가 두 손으로 곤지곤지를 하며 말했다. 고모의 곤지곤지는 꽤 격렬했다. 옆자리에 앉은 사람을 팔꿈치로 칠 만큼.

자리를 옮겨 조그만 카페로 갔다. 고모는 더 이상 자기 얘기를 하지 않았다. 내가 말하는 이사 풀 스토리를 귀 기울여 들었다. 자기 얘기를 한꺼번에 쫙 하고, 상대방 얘기를 쭉 듣는 스타일인 것 같았다.

"둘 다 사부인 갖다드려."

고모가 봉투 두 개를 내밀었다.

"사부인이요?"

"응."

"사부인이 누군데요?"

"내 사돈부인. 돌아가신 네 외할아버지 사모님."

"아."

고모는 순례 씨를 '사부인'이라고 부르는 거였다.

"봉투에 '조의'라고 쓴 건, 사돈어른 조의금이야. 니 아빠가 쓸 것 같아 얄미워서 말이야, 장례식 땐 10만 원만 냈거든. 사부인께 따로 드리고 싶었어. 전해 드려."

"나머지 하나는요?"

"그건 네 용돈. 사부인께 맡겨 놓고 써. 식구들한테 들키면 너도 나도 복잡해진다. 네 식구들은 고생 좀 해 봐야 하지만, 너는 고생시키기 싫다. 어린 게 부모 품에서 못 크고. 참, 바리데기가 부모 살린다더니…… 이번에 남의 손에 키운 자식 덕 많이 본다. 너를 생각하면 짠해."

'바리데기'라는 말은 조금 슬펐다. 바리데기는 버린 자식이니까. 엄마 아빠가 날 버린 건 아니지만, 버리지 않은 것도 아니었다. 조금도 버리지 않았다면, 날 키워 준 순례 씨에게 감사하다는 인사 한 번 없이 십육 년을 살 순 없을 테니까.

"고모, 전 짠하지 않아요."

"응?"

"우리 순례 씨, 그니까 고모 사부인은 아주 좋은 분이거든요."

"어 그래. 고모들도 모이면 그 얘기 한다. 사돈어른과 사부인이 키워서, 네가 그렇게 잘 큰 것 같다고."

"제 용돈은 그만 주셔도 돼요. 저 알바할 거거든요. 이건 잘 쓰겠습니다. 감사해요."

"알았어."

고모가 내 머리를 쓰다듬어 주었다. 용돈보다 조의금이 더 고마웠다. '사부인'이라는 말도.

"고모, 골다공증 심해요? 어렸을 때 계란이랑 우유 못 먹어서?"

"너도 우리가 보낸 내용증명 봤구나. 나이에 비해선 안 좋은 편이지."

"왜 양보하셨어요?"

"양보해야 하는 건 줄 알았지. 넌 언니한테 양보하지 마라."

"제가 양보할 것 같아요?"

"아니."

고모가 싱긋 웃었다.

버스는 거북 마을과 원더 그랜디움을 나누는 8차선 도로 중앙에서 내렸다. 느낌이 묘했다. 거북 마을과 원더 그랜디움을 오가며 살지 않고, 거북 마을에만 살게 된 내가. 세탁소가 있는 단지 상가 쪽으로 걸으며 생각했다. 이게 마지막 방문일까, 아니면 우편물이나 택배를 찾으러 또 오게 될까.

세탁소 주인은 별다른 질문을 하지 않았다. 아빠 양복과 오미림 교복 치마를 건네주었다.

"외상이 42,000원이나 밀렸네. 오늘도 그냥 가져가는 건 곤란하다."

"예?"

"요즘 세상에 누가 세탁 요금 외상을."

"……."

엄마가 "아무 말 말고 옷만 가져오라."는 게 무슨 뜻이었는지 이제야 깨달았다. 1군들과 내가 '외상값 안 갚는 사람'이 되는 게 싫었다.

"잠시만요."

나는 지갑을 열어 보았다. 티머니 카드 말고 가진 돈은 3,000원뿐이었다. 하는 수 없이 고모가 준 용돈 봉투를 열었다. 5만 원권 여섯 장이 들어 있었다.

'오미림, 외상으로 드라이해 입고 살아야 돼?'

짜증이 확 올라왔다. 원더 그랜디움을 떠나면서 끝난 게 아니었다. 외상값은 또 고모 도움을 받아 갚았다.

비상금으로 세탁소 외상 42,000원 갚았어.
오미림
드라이 작작 해.

가족 단톡방에 올렸다. 톡 옆의 숫자가 3, 2, 1로 줄어들었다. 그래도 답장이 없었다. 1군들에겐 셋이 하는 톡방이 따로 있다. 거기서 나에게 어떻게 답할지 회의를 하고 있을지도 모른다. 1군들 톡방을 알면서도 모른 척한다. 괜찮다. 나에겐 할아버지, 순례 씨와 함께한 톡방이 있었으니까.

세탁물이 무겁진 않았다. 세탁물을 팔에 걸치고 걸으니, 땡볕에 목도리를 팔에 두르고 걷는 기분이었다. 옷걸이 고리를 손으로 잡고 팔에 걸었다. 양복바지가 끌릴 것 같았다. 팔에 다시 걸쳤다. 끌릴까 봐 팔을 조금 들어야 했다. 땀이

눈으로 흘러들어 갔다. 세탁물을 떨어뜨릴까 봐 닦을 수도 없었다. 순례 주택에 도착했을 땐 쓰러질 지경이었다. 201호 현관에 들어서자마자 세탁물을 바닥에 던졌다. 가족 단톡방을 열어 보았다. 톡 옆 숫자는 없었다. 답글을 단 사람도.

"왜 던져. 애써 가져온 옷 상한다."

엄마가 인상을 썼다.

"나 땀 흘린 건 안 보여?"

나는 또 현관 밖으로 나왔다. 하루 한 번씩 가출이다.

나는 순례 씨에게 갔다. 고모가 순례 씨에게 전한 조의금은 50만 원이었다.

"고모가 사부인이라고 하더라."

"나를?"

"응."

순례 씨는 말이 없었다. 봉투를 안방 서랍에 넣었다.

"수림아, 있지."

"응."

"너 나중에 넉넉하게 살게 되면 말이지."

"응."

"둘째 고모처럼 조의금을 많이 내는 어른이 되면 좋겠어."
"그럴게."
"돌려받을 거 생각하지 말고, 많이 해."
"응."
돈을 잘 버는 어른이 되고 싶어졌다. 외상값을 만들지 않기 위해서. 조의금을 많이 내기 위해서. 가족 단톡방을 다시 열어 보았다.

(오미림)

흠. 이 드라이 향기
언제 다시 맡을 수 있을까.
ㅠ.ㅠ

(엄마)

미림아 힘내
넌 꼭 꿈을 이룰 거야.
드라이 향기 풍기며
BMW 미니를 타고 다니는 날이 올 거야.

(아빠)

수림이 수고했다.
외상값은 아빠가 갚아 주마
가족끼리 '작작 해' 같은 말은
쓰지 않도록 하자.

'이 사람들은 내 친척이다. 먼 친척이다.'

열받을 때 되뇌는 말을 주문처럼 외웠다. 별 도움이 되지 않았다. 먼 친척은 개뿔. 엄마 아빠와는 1촌, 언니와는 2촌. 한숨이 나오는 피붙이였다.

12

이사 온 지 사흘이 되었다. 화장실이 하나라 순서를 정해 씻어야 했다. 방이 넷, 화장실이 둘인 곳에 살 땐 겪지 않았던 불편함이었다. 대소변을 참기 힘들 땐 402호 화장실을 이용했다. 그리고 어떤 책에서 본 구절이 떠올랐다. 마음대로 못 먹는 것보다, 마음대로 못 싸는 게 가난이라는.

엄마를 시녀처럼 부려 먹는 버릇은 좁은 집으로 와도 고쳐지지 않았다. 오미림과 아빠는 아무 데나 옷을 벗어 놓았다. 먹고 난 그릇을 그 자리에 두는 건 기본이었다. 집이 좁으니까 금세 지저분해졌다. 엄마는 하루에도 몇 번씩 쓸고 닦았다.

"두 사람은 어디가 불편해? 몸 불편한 길동 아저씨도 그렇게 안 해. 엄마가 시녀야?"

나는 참을 수가 없어서, 친하지 않은 사람들에게 시비를 걸었다.

"좁은데 너무 어지럽혀."

웬일로 엄마가 내 편을 들었다.

"내가 얼마나 스트레스를 받는데, 엄마까지 오수림 편들어."

오미림이 입술을 비죽댔다.

"그래그래. 엄마가 잘못했다. 신경 쓰지 마."

엄마는 금세 시녀 모드로 변했다.

"수림아, 요샌 왜 순례 씨네 안 가니?"

아빠가 물었다.

"왜. 쫓아내고 싶어?"

"아니 무슨 그런 소릴…… 네가 전에는 못 가게 해도 순례 씨랑 밥 먹더니. 요샌 하루 세 끼 다 집에서 먹어서 물어본 거야."

'내가 밀려나나 봐. 여기서 세 끼 다 먹고, 여기서 잔다.'

속으로만 대답했다.

진하는 정말 소금을 뿌리고 갔다. 팍팍 뿌리진 않았다. 개미 길을 따라 정교하게 뿌렸다.

"복수니?"

엄마가 화장실에 간 틈에 살짝 물었다.

"응. 도움을 가장한."

"통쾌해?"

"상당히."

"상대가 모욕감을 안 느끼는데, 복수가 돼?"

"어. 내 감정만 해소하면 되나 봐."

진하가 희미하게 웃었다. 옥탑방 불빛 아래 보았던 원장님처럼.

나는 1군들에 대해 좀 더 많은 걸 알게 되었다. 오미림은 옆으로 누워 완전히 눈을 감지 않고 잔다. 가끔 이를 간다. 아빠는 코 고는 소리가 불규칙하다.(수면무호흡증이 의심된다.) 엄마는 자다가 중얼거리는 일이 잦다.

오미림은 2학기 첫 번째 모의고사 전교 1등을 꿈꾸고, 아빠는 모 대학 전임교수 최종 면접 통과를 꿈꾸고, 진하는 그레타 툰베리가 2019 노벨평화상 수상자가 되길 꿈꾸고……

나는 1군들이 사고를 치지 않고 적응하기를 바라는 날들이 이어지고 있다. 예상치 못한 문제도 터졌다. 엄마, 나, 순례 씨의 삼각관계.

삼각관계를 제보해 준 사람은 길동 씨, 제보해 준 시간은 오늘 낮이었다.

수림아. 니 엄마 앞에서
순례 언니랑 다정한 거 티 내지 마.

네?

어젯밤에 옥상에 올라가니까
니 엄마가 아파트 보면서 울고
있더라고.

순례 주택 옥상에선 '원더 그랜디움'이 보인다. 맑은 날 밤에는 집집마다 켜 놓은 불과, 옥상에 두른 조명 장식이 한눈에 들어온다.

순례 씨랑 있을 때 우리 수림이는
원래 그렇게 환해요? 그러대.
엄마 속은 뒤집으면서
순례 씨 속엔 폭 안긴 것 같다고.

다정한 티 안 냈는데요.

서로 사랑하는 건 티를 안 내도 보여
사랑받고 싶은 사람에겐 더 그래.
조심해라. 너랑 순례 언니는
유난히 다정해.

네... 잘 몰랐어요.
감사합니다.
우리 엄마가 아저씨에게
무례하게 굴었는데... 받아 주셔서

응. 그건 남겨 뒀다.
나한테 한번 당해 봐야지^^

길동 씨 복수는 개미 길에 소금을 뿌리는 정도가 아닐 것 같았다. 엄마가 저지른 일이었다. 순례 씨 말대로 길동 씨와 엄마 사이에 끼어들지 않기로 마음먹었다. 나는 내가 할 수 있는 일을 하기로 했다. 엄마 앞에서 순례 씨와 덜 다정하게 구는 것, 1군들에게 거북 마을 생존법을 알려 주는 것.

"엄마, 신선 마트에 장 보러 가자."

내가 시계를 보며 말했다. 신선 마트는 밤 10시에 문을 닫는다. 9시부터는 생선과 과일, 채소를 싸게 판다.

"지금? 지금 가면 싱싱한 게 별로 없어."

"우리가 싱싱한 거 따질 때야. 식비를 줄여야 하잖아. 거북 시장도 싸고 싱싱해. 그래도 마트 마감 세일이 더 싸."

엄마가 풀 죽은 얼굴로 고개를 끄덕였다. 그러고는 지갑을 뒤적거리다 신용카드 한 장을 뽑아 들었다. 한도가 남아 있는 마지막 카드일 거다.

1층 현관에서 영선 씨를 만났다. 영선 씨가 목례를 했다. 나도 목례를 했다. 엄마는 멀뚱멀뚱 서 있었다.

"엄마, 401호에 사는 분이야."

"아, 안녕하세요."

엄마는 그제야 인사를 했다. 영선 씨는 한 번 더 목례를 하고 현관 안으로 들어갔다. 나는 속으로 숫자를 셌다. 열을 세기 전에 엄마가 영선 씨의 신상을 물을 것 같아서.

"저 사람 몇 살?"

엄마는 내가 '여덟'을 세는 순간 물었다.

"몰라."

"혼자 살아?"

"응."

"직업은 뭐야?"

"몰라."

"401호에 대해서 아는 게 뭐야?"

"새벽에 옥상 정원에서 커피 마시면서 산책해. 연두색 마티즈 타고. 옥상에서 다른 사람 만나면 목례하고 내려가. 대화는 순례 씨랑 단둘이 있을 때만 해. 영선 씨 방해 안 하려고 다른 사람은 되도록 새벽에 안 올라가. 난 목소리 들어본 적도 없어."

"참, 여기 이상한 사람들 많이 사네."

'영선 씨가 뭐가 이상해?'

나는 목까지 차오른 말을 삼켰다. 길동 씨 제보 때문이었다. 엄마를 덜 공격하는 게 나을 것 같았다.

마트에선 점장이 마이크를 잡고 '마감 세일'을 안내했다. 토마토, 오이, 대파…… 엄마는 "싸네, 진짜 싸."를 외치며 장바구니에 담았다. 그리고 '마지막 남은 감자 5봉 2천 원' 방송을 듣고 감자 코너로 서둘러 가다가 원장님을 만났다. 원장님은 병하 오빠와 함께였다.

"장 보러 오셨어요?"

원장님이 물었다. 평소처럼 굳은 표정으로.

"예, 아드님?"

엄마가 오빠를 손가락으로 가리켰다.

"예, 제 아들이에요. 인사해. 수림이 어머님."

오빠가 고개를 숙였다.

"아, 이사하는 날 집 앞에서 봤어요. 아드님인 줄 몰랐네."

가자미를 '다섯 마리 5,000원'에 판다는 안내 음성이 들렸다.

"엄마, 가자미 안 사?"

오빠가 원장님 손을 잡아끌었다.

"누가 가자미 먹는다고."

"그럼 참외 사 줘."

오빠가 원장님을 끌고 과일 코너로 갔다. 원장님과 엄마를 떼어 놓으려고 그러는 것 같았다.

"진하 엄마는 인상이 저래서 미용실을 어떻게 하니?"

엄마가 물었다.

"실력으로."

내가 대답했다.

"어유, 나 빼고 다른 사람 편은 다 들지. 이제 그만 집에 가자."

엄마가 장바구니를 들고 계산대 쪽으로 몸을 돌렸다.

"어, 여기 처음이잖아. 좀 더 구경하다 가."

나는 엄마를 끌고 유제품 코너로 갔다. 원장님과 또 만나지 않게 하려고.

"저 아들은 몇 학년이야?"

"고2."

"거북고?"

"어."

"키가 작네. 솔직히 말해서, 아들이 저렇게 작아서 어떡해."

오빠는 키가 163쯤 된다. 성장이 멈춘 것 같다. 내 키는 168 정도 된다. 계속 크고 있다.

"키 작으면 어때."

"어떠냐니. 키는 자본이야."

"뭐?"

"요새 살 만한 동네에선 성장판 검사 미리 해 가지고, 남자애는 최소 170 이상 만들어."

"어떻게?"

"성장호르몬 맞히는 거지. 엄마가 무식해서 아들을 저렇게 그냥 뒀구나. 남자 키는 말이야, 솔직히 말해서 우리 신랑

쯤 돼야 괜찮지."

아빠 키는 180이 넘는다. 아빠를 닮아 오미림과 나도 크다. 좁은 집에 큰 사람 셋이 살아서 답답하다. 아빠가 커서 좋은 건…… 싱크대 맨 위에 있는 그릇을 꺼낼 때 정도인 것 같다.

"재, 공부 잘하니?"

"나랑 비슷해."

엄마 입을 막고 싶어서 내 성적을 들고나왔다. 본인에게도 반에서 중간인 딸이 있다는 걸 떠올리라고.

"고2가 엄마랑 장 보고 다니면 되나. 공부해야지. 대학 포기한 애야?"

"아니."

엄마의 질문은 예상을 벗어나지 않는다. 엄마의 절망—내가 순례 씨와 너무 다정한 것—은 예상 밖이었지만.

"재는 무슨 과 간대?"

"미용사 될 거야. 그쪽으로 대학 간대."

"뭐? 엄마가 아들이 미용사 되게 내버려둬?"

"어."

원장님은 병하 오빠가 좋은 미용사가 될 자질을 가지고

있다고 한다. 손재주가 좋은 데다 원장님과 달리 사람을 보고 잘 웃기 때문이다. 미용실에 손님이 많은 주말엔 오빠가 조수를 한다.

"재네 아빤 이혼하고 뭐 하니?"

"몰라."

"이 동네 오니까 왜 이렇게 혼자 사는 사람이 많아. 솔직히 말해서, 순례 주택에서 정상 가족은 302호랑 우리 집밖에 없잖아."

엄마가 못마땅한 표정을 지었다. 그리고 나는 인내심의 한계를 느꼈다. 엄마가 함부로 그어 대는 '정상'이 나는 정말 싫다.

"엄마, 우리 집에서 현관문 열고 그런 얘기 하면 앞집에 다 들리는 거 알지? 제발 솔직히 말하지 좀 마."

"어유, 좁아터진 집에 사는데 딸년이 맘대로 말도 못하게 해."

엄마가 장바구니를 내 손에서 뺏었다. 무게 때문에 엄마 몸이 휘청했다.

"엄마야."

엄마가 삼십 년 전에 돌아가신 외할머니를 불렀다. 나는 깜짝 놀랐을 때도 "엄마야."를 외치지 않는다. 그렇다고 "하부지"나 "순례 씨"를 부르는 것도 아니다. "으악", "어", "앗" 정도. 문득, 나도 독립언을 많이 쓰고 살아왔다는 걸 깨달았다. 나쁘지 않다. 독립언을 많이 쓰는 독립적 인간.

"무거워서 안 되겠다."

엄마가 슬그머니 손잡이 하나를 내게 내밀었다.

"어유."

나는 못 이기는 척 받아 들었다.

"안녕하세요, 여기서 보네."

원더 그랜디움 청소 아주머니가 인사를 했다.

"에…… 네."

엄마는 얼른 자리를 피하고 싶은 것 같았다. 아주머니는 피할 생각이 없는 것 같았고.

"순례 주택으로 왔다면서요? 그 유명한 순례 주택에 어떻게 들어왔대요. 오 년 대기해도 못 들어가는 덴데."

아주머니가 엄마를 막아섰다.

"이만 바빠서."

엄마가 자리를 피하려고 했다.

"참, 임용고시 붙은 우리 혜미가 거북고 발령받았어요.

2학기부터 학생들 가르쳐요."

아주머니가 어깨를 쫙 펴고 말했다.

"넷?"

엄마가 멈칫했다.

"넌 어느 학교 다니니, 네 언니는?"

"저는 거북중이요. 언니는 거북고요."

"아유, 반갑네. 우리 딸이 그 집 큰딸 가르치면 좋겠어. 너도 거북고 가면 우리 혜미한테 배우겠다. 네 언니 이름이 오미림이지? 혜미한테 잘 말해 둘게."

엄마는 입이 얼어붙은 듯 아무 말을 못했다. 겁에 질린 것 같았다. 아주머니가 다른 코너로 가고 우리가 계산대 쪽으로 온 다음에야 입을 열었다.

"저 청소부 말 정말이야?"

"어, 딸이 저번에 임용고시 붙었다고 동네에 떡 돌렸어."

"딸이 선생님인데 왜 청소부를 해?"

"큰딸은 경찰이야."

"엉? 아니 딸들 직장이 그렇게 튼튼한데 왜 청소부를 하냐고."

"그래도 일해. 건강할 때 일해서 자녀들에게 부담 안 주고 살 거라고. 거북 마을엔 그런 아줌마, 아저씨, 할머니, 할아버지 많아."

"됐고, 저 청소부는 어디 세 사니?"

"세 안 살아."

"엉?"

"저쪽 푸른 빌라, 자기 집이야. 그 빌라 좋아. 지하주차장도 있고. 30평도 넘을걸."

엄마는 다시 말이 없어졌다. 아주머니에게 오늘은 얼마나 통쾌한 날일까. 엄마는 입이 바짝바짝 마르는 기분일 것 같았다.

"수림아, 우리 수림이네."

나를 부르는 다정한 목소리가 들렸다. 나달나달한 자주색 장바구니를 흔들며 다가오는 사람은 순례 씨였다.

"뭐야. 동네 사람 다 나오는 시간이야."

엄마가 조그맣게 중얼거렸다.

"수림 엄마, 아이스크림 먹을래?"

순례 씨가 해맑게 웃으며 물었다.

"예?"

"병하가 마트에 요새콘 잔뜩 들어왔다고 제보해 줘서. 급하게 사러 나왔어. 수림 엄마, 요새 먹어 봤어? 베스키보다 더 맛있어."

"예?"

엄마는 '순레어'를 못 알아들었다.

"요맘때 콘 먹어 봤냐고 묻는 거야. 베스킨라빈스 아이스크림보다 더 맛있다고."

내가 통역했다.

"예에. 먹어 본 것 같기도 하고."

"하나 먹어 볼래?"

순례 씨가 엄마 팔을 잡아끌었다.

"예에."

엄마가 못 이기는 척 아이스크림 코너로 끌려갔다. 나도 따라서 끌려갔다. 순례 씨는 요맘때 콘을 스무 개 샀다. 계산대 쪽으로 가면서 엄마한테 계속 말을 걸었다. 길동 씨가 말한 것 같았다. 오수림과 다정함을 티 내지 말라고.

"자, 먹어 봐."

순례 씨가 엄마와 나에게 콘을 내밀었다. 그러고는 하나를 까서 자기 입에 넣었다.

"아유, 맛있어. 내일부터 넷플리로 앤 보면서 먹어야지.

수림아, 낼 스마티 온대."

"넷플릭스로 빨간 머리 앤 시리즈 보면서 먹겠단 말이야. 스마트 티브이 중고로 산 거 내일 오고."

나는 또 엄마에게 '순례어'를 통역했다. 엄마가 힐끔힐끔 순례 씨를 봤다. 엄마는 길에서 뭘 먹는 걸 싫어한다. 비위생적이라고. 집에 가면 순례 씨가 비위생적이라고 흉을 볼 일이 남아 있을 것 같았는데…… 엄마가 장바구니를 나에게 넘겼다. 콘을 까서 입에 넣었다.

"맛있지? 맛있지?"

순례 씨가 물었다. 엄마가 고개를 끄덕였다. 엄마는 입술에 아이스크림을 묻혀 가며 맛있게 먹었다.

'헐.'

나는 무거운 장바구니를 혼자 들고, 엄마와 순례 씨를 따라갔다.

4부

13

이사한 지 일주일째다. 오미림 학원에서는 밀린 학원비를 더는 봐줄 수 없다는 전화가 왔다. 어제까지 신선 마트에서 쓰던 카드가 정지됐다.

엄마 아빠가 그토록 기다리는 둘째 고모는 오지 않았다. 원더 그랜디움에서 '누가 누가 더 어린가' 내기하던 팀들도. 가난해진 친구를 찾아온 사람은 딱 하나—명주 이모였다.

병하 오빠는 진하에게 한문 과외를 받기 시작했다. 나도 꼈다. 교재는 만화가 들어간 고사성어 사전. 고모가 준 용돈 덕분에 어렵지 않게 교재를 살 수 있었다.

'이 돈 자꾸 빼먹으면 안 되는데.'

알바를 구해야 할 것 같았다. 개학을 하면 2학기 자습서

와 문제집도 사야 하니까. 한문 과외 교실엔 예상치 못한 두 사람—순례 씨, 길동 씨도 들어왔다. 선생인 진하는 큰 글씨로 프린트를 뽑아야 했다. 진하가 한문으로 써 온 사자성어를 읽고 뜻을 맞히는 테스트가 첫 수업이었다.

"거안사위(居安思危), 편안할 때 위험을 생각하세요."

길동 씨가 대답했다.

"오, 맞히셨어요."

진하가 반색을 했다.

"거안사위, 그거 거안씨 사위 아니고?"

순례 씨가 끼어들었다.

"나도 거안씨 사위인 줄."

오빠가 거들었다.

"이 한자를 읽어. 그럼 뜻이 나오잖아."

길동 씨가 '居安思危'를 풀어서 설명했다.

"너는 좋겠다. 있는 집 자식이라 중학교도 졸업하고. 어렸을 때 쌀밥 먹고. 중3까지 학교 다녔으면 나도 그런 거 안다."

순례 씨가 입을 비죽거렸다.

"병하는 고등학생인데 모르잖아."

길동 씨가 반박했다.

"왜 꼴찌 한 애 상처 건드려."

순례 씨가 오빠 등을 두드렸다. 수업 분위기가 심상치 않았다.

"계륵, 쓸 데는 없는데 버리기는 아깝다는 뜻 아냐?"

이번엔 내가 맞혔다.

"맞아. 닭의 갈비. 큰 소용은 없지만 버리기는 아까운 거."

진하가 자세히 설명했다.

"말도 안 돼. 닭갈비가 얼마나 맛있는데 버려?"

오빠가 반박했다.

"맞아. 닭갈비 먹고 싶다. 점심에 닭갈비 먹을래?"

순례 씨가 입맛을 다시며 말했다.

"하, 이러면 수업이 안 됩니다. 삼천포로 빠지지 좀 마세요."

진하가 고개를 저었다.

"군자삼락(君子三樂), 군자의 세 가지 즐거움."

순례 씨가 대답했다.

"네, 맞아요. 군자의 세 가지 즐거움은."

"아니, 군자의 즐거움은 군자가 알지."

순례 씨가 진하 말을 끊고 들어왔다.

"어이, 홍길동, 본명 이군자. 너의 세 가지 즐거움이 뭐니?"

"음…… 커피, 소주, 그리고…… 족발?"

길동 씨가 대답했다.

"우리 오늘 족발 먹을까? 닭갈비 말고?"

순례 씨가 물었다.

"아, 못 하겠다."

진하가 펜을 내려놓았다.

"미안해. 다음부터 안 떠들고 잘 할게. 근데 오늘 닭갈비? 족발?"

순례 씨가 진하를 달랬다.

"계륵. 볶음밥도."

진하가 책을 덮었다. 첫날 수업은 그렇게 끝났다. 우르르 순례 주택을 빠져나가다가 현관에서 엄마를 만났다. 키득대며 떠들던 사람들이 갑자기 조용해졌다. 같이 놀기 싫은 애를 마주친 무리의 침묵. 학교에서 여러 번 겪은 상황이었다.

"수림 엄마, 계륵 먹으러 갈래?"

순례 씨가 말을 꺼냈다.

"계륵이요?"

"응. 닭갈비. 글쎄 중국 사람들이 닭갈비 버리자니 아깝다, 뭐 그렇게 만든 말이래. 우리 지금 닭갈비가 먹을 게 얼마나 많은지 현장 학습 가."

"네에."

"같이 가자."

엄마는 말이 없었다. 어색한 침묵이 오 초쯤 흐르다 엄마가 입을 열었다.

"집에 수림 아빠 있는데 데려가도 되나요?"

"그래그래. 수림아, 엄마 아빠랑 뒤따라와라. 원조 춘천 닭갈비 알지?"

나는 하는 수 없이 늦게 갔고, 엄마 아빠와 함께 갔고, 한 상에 앉았다. 아빠는 닭갈비 3인분에 우동 사리를 추가했다. 소주도 시켰다. 가난한 부모는 자식 입에 들어가는 것만 봐도 기쁘다는데, 나는 가난한 부모 입에 들어가는 것들이 부끄러웠다. 볶음밥은 하나만 시키자는 내 말은 가볍게 뭉개졌다. 추가로 볶음밥 두 개와 치즈 사리, 사이다 한 병을 해치웠다.

엄마 아빠를 따라 201호로 들어가고 싶진 않았다. 402호로 다시 가기도 그랬다. 옥탑에서 나머지 공부를 한다는 오빠랑 진하 사이에 끼기도 그랬다. 마침 거북 분식 사장님이 호스와 빗자루를 들고 가게 앞을 청소하고 있었고, 나는 얼른 호스를 받아 들었다. 그리고 모두의 시선을 피해 거북 분식 쪽으로 얼굴을 돌렸다.

"뭔 일?"

사장님이 조그맣게 물었다.

"다들 들어갔어요?"

"응."

"순례 씨가 닭갈비 쐈어요."

"니 엄마 아빠한테도?"

"네."

"있잖아, 내가 왜 수림이 엄마 아빠 닭갈비 사 줬냐 그러면 순례 씨가 뭐라고 할 것 같냐?"

"어떤 사람은 90키로, 어떤 사람은 50키로야. 때 미는 값은 똑같아. 어떤 손님은 싸가지가 없고, 어떤 손님은 예의 발라. 그래도 똑같이 밀어 줘. 그게 내 인생관이라고."

내가 순례 씨 성대모사를 하며 말했다. 사장님이 키득키득 웃었다.

"나도 뭐, 너네 식구들 잘 지내면 좋겠어. 걸리는 것도 있고."

"뭐가요?"

"실은⋯⋯ 홧김에 말했거든. 솔직히 여편네는 아파트를 날려 봐야 정신을 차릴 거라고. 말이 씨 됐나 싶고."

살짝 소름이 끼쳤다. 돌아가신 할아버지랑 같은 얘길 한 적이 있으니까. 엄마가 텔레비전에 나와 솔직히 말하는 사건이 터지고, 할아버진 한동안 우울했다. 하루는 나에게 "수림아, 내가 자식을 잘못 키웠나 보다. 네 부모 어떻게 하면 철이 들까?" 하고 물었다. 나는 깊이 생각하지 않고 대답했다. "철 안 들걸. 폭삭 망하기 전에는." 할아버진 그 얘길 꽤 진지하게 들었다. "폭삭 망하면⋯⋯ 네 엄마 아빠가 폭삭 망하면, 철들 희망이 있다고?" 되물으면서.

"사장님 있잖아요. 할아버지가요, 우리 엄마 아빠 철들게 하려고 일부러 사기당했을까요?"

"그럴 리가."

"폭삭 망하면 철들 희망이 있다고? 그러신 적이 있거든요. 가끔 생각해요, 혹시 이게 할아버지의 큰 그림이었을까."

"아냐. 그럴 배짱이 있는 분이 아니라고. 그런 빅 픽처가 가능한 사람이었음 뜯기고 살지도 않았지. 그리고 일하다 돌아가실 줄 본인이 알았겠니? 참, 한 치 앞을 모르는 게 인생이다. 1월 초에 저 집에 사시던 분이 하루아침에 돌아가시고, 그 집엔 쫄딱 망한 자식들이 들어오고. 아, 찝찝해. 함부로 말하면 안 돼. 말이 씨 된다는데."

사장님 말대로 말이 씨가 되었으면 좋겠다는 생각이 들었다. '아파트를 날려 봐야 정신을 차리지'는 '정신을 차리지'로 끝나니까. '폭삭 망하면 철들 희망이 있다고?'는 '희망이 있다고?'에서 끝나고.

"수림아, 들어가서 시원한 거 먹자."

나는 사장님을 따라가다가, 가게 입구에서 눈이 번쩍 뜨이는 종이를 발견했다.

주말 알바 구함. 11시-3시. 경력자 우대.

하늘에서 동아줄이 내려온 것 같았다.

"알바 구하셨어요?"

"아니, 방금 붙였어."

"제가 하면 안 되나요?"

"네가?"

"예, 저 바쁠 때 도와드린 적 있잖아요. 일머리 있다고 칭찬하셨잖아요. 저 경력 있어요."

"일머리 있지."

사장님이 순대 썰 때 쓰는 장갑을 꼈다. 칼을 쥐고 내가 제일 좋아하는 허파를 잘랐다.

"너 용돈 없니?"

"네."

"부모님이 허락할까?"

"허락하고 말고 할 상황이 아니에요."

"심각해?"

"예."

"순례 씨랑 상의해 볼게."

"아…… 그냥 시켜 주시면 안 돼요?"

"안 돼. 네 부모가 허락해도, 나한테 네 보호자는 순례 씨니까."

순례 씨에게 알바 허락을 받는 건 어렵지 않았다.

"너는 열여섯이야. 집이 어려우면 용돈 정도는 벌어서 쓸 수 있지. 최저시급 잘 챙겨 받아."

그게 다였다.

명주 이모는 엄마에게 '미러리스 카메라'를 빌려주고 갔다. 엄마는 조금 들떠 있었다. 이모가 소개한 사진 동호회에 끼어 출사를 갈 거라고. 출사 비용 3만 원까지 이모가 냈다. 속없이 좋은 사람이다. 친구가 뒤에서 자기 중학교 때 성적까지 들먹이는 줄도 모르고.

"내가 인스타그램에 카페 사진 올리면 다들 사진 잘 찍는다고 그랬어. 명주는 출판사에서 일할 때, 자기 블로그에 올린 사진이 책 표지 된 적도 있다. 돈도 꽤 받았어. 내가 명주보다 사진 잘 찍어. 기다려 봐. 사진으로 돈 벌 거니까."

엄마가 사진으로 돈을 벌 수 있으면 좋겠다. 하지만 돈 벌기를 '기다려 봐' 할 때가 아니었다. 모든 카드가 정지되었다. 빚은 8백만 원이고. 곧 월세도 내야 한다. 하루하루 먹고 살아야 하고. 간만에 들뜬 엄마에게 찬물을 끼얹고 싶진 않았다. 그래도 거북 분식 알바 얘길 꺼낼 수밖에 없었다. 엄마가 울고 난리치는 게 싫어서 거짓말을 했다. 방학 동안 다양한 경험을 하는 게 숙제라고. 나는 '알바'라는 경험을 딱 한

번 하겠다고. 마음을 단단히 먹고 답을 기다리는데 예상치 못한 질문이 들어왔다.

"너 숙제한다고 분식점 아줌마한테 말했어?"

"아니."

"숙제라고 돈 안 주는 거 아냐?"

"줘. 최저시급."

"알았어."

나는 엄마가 내 거짓말에 속아 주는 척하면서, 마음이 아프지 않을까 눈치를 살폈다. 엄마는 계속 미러리스 카메라를 만지작거렸다. 들뜬 마음이 가라앉지 않은 것 같았다.

14

이사한 지 열흘이 되었다. 아빠는 최종 면접에서 또 떨어졌다. 나는 토, 일 합해 여덟 시간 알바를 했다. 2019년 최저임금 8,350원 곱하기 8시간, 66,800원에 3,200원을 더해 7만 원을 벌었다. 알바는 생각보다 힘들었지만 알바비는 큰돈이었다.

하루에 세 줄씩 김밥 싸는 연습을 했다. 내가 싼 건 팔 수 있는 수준이 아니었다. 하나는 내가 먹고 나머지 두 줄은 1군들에게 줬다.

"새로운 경험은 재밌니?"

아빠가 쩝쩝거리고 먹으면서 물었다.

"그저 그래."

새로운 경험은 꽤 힘들었다. 손님들은 나를 '학생' 혹은 '아줌마'로 불렀다. 좀 많이 불렀다. 설거지는 어마어마하게 많았다. 서빙, 포장, 설거지, 청소, 전화 받기, 계산……. 여덟 시간 알바 후 깨달았다. 2,500원짜리 김밥은 정말 싸다는 걸. 만들어 파는 사람 수고에 비할 수 없이.

순례 씨는 창문 밖에서 내가 일하는 걸 틈틈이 봤다. 알바를 끝내고 402호에 가면 내 손을 샅샅이 훑어봤다. 엄마 아빠는 내 손을 보지 않았다. 엄마는 "새로운 경험을 하는 건데, 누가 보면 돈이 없어서 알바하는 줄 알겠다."고 걱정했다.

옥탑방에는 전에 없던 쪽지가 붙었다.

커피는 이곳에서 뽑아 가세요.
원두를 가져가시면 안 됩니다.
-401호

포스트잇에 쓴 세 줄 손 글씨는, 영선 씨 것이었다. 진하는 그 글을 보고 "영선 씨랑 처음으로 말한 느낌."이라고 했다. 나도 그랬다. 그리고 부끄러웠다. 원두를 가져간 사람은 우리 엄마였으니까.

이곳은 입주자가 함께 사용하는 공간입니다.

특정인이 하루 종일 개인 공간으로 사용하는 것은 삼가 주세요.

-순례 주택 관리인, 301호 허성우

박사님은 큰 글씨로 출력한 A4 용지를 옥탑방 입구에 붙였다. 지난 십 년 동안 그런 문구가 붙은 적은 없다. 붙이지 않아도 알아서 지키니까. 보이지 않는 룰을 깬 사람은 아빠와 언니였다. 옥탑에 와서 아침부터 밤까지 에어컨을 켜고 있었다. 라면, 커피, 김치를 엄청나게 먹은 것은 물론이다. 옥탑 냉장고는 텅 비었다. 있던 건 1군들이 먹어 치웠고 나머지 사람들은 더 이상 먹을 걸 갖다 두지 않으니까. 그래도 옥탑방에는 라면이 떨어지지 않았다. 1군들이 그렇게 퍼먹어도 순례 씨는 채워 넣었다.

"순례 씨 호구야? 라면 그만 채워."

내가 말려도 소용없었다.

"수림아, 대중 목욕탕에 말이야, 비누 있잖아. 그거 가져가는 사람 꽤 있다. 비누 가져가는 사람이 있다고 목욕탕에 비누가 없으면 되겠어?"

"아, 여기가 목욕탕이야?"

"그래 목욕탕은 아니고. 옥탑은 순례 주택 공원이라고 할 수 있지. 어떤 주민이 꽃 몇 송이 꺾어 간다고, 공원에 있는 꽃을 다 뽑아 버리면 되겠어? 꽃을 꺾지 말라고 안내해야지."

"안내해도 안 들으면?"

"새로 심어야지 뭐."

"아, 순례 씨가 직접 1군들한테 얘기한다며. 순례 주택 평화를 깨뜨리잖아. 뭐라고 좀 해."

"내버려둬. 집 밖으로 안 나오고 처져 있으면 어떡하나 했더니, 여기저기 잘 쑤시고 다니시는구먼."

"아아!"

나는 무릎을 탁 쳤다. 엄마는 더 이상 태양을 피해 다니지 않았다. 이사 온 다음부터 순례 주택과 마을 곳곳을 쑤시고 다녔다.

"그런 걱정 밀어 두고, 넷플리나 가르쳐 줘."

"또 까먹었어?"

"응."

스마트 티브이가 402호 거실에 들어온 지 엿새째다. 나는 하루에도 몇 번씩 넷플릭스 작동 방법을 가르쳤다. "자, 이제 순례 씨가 처음부터 해 봐." 하면, 다 이해했다고 해 놓고 엉뚱한 버튼을 눌러 댔다. '멈춤' 말고 엉뚱한 걸 눌러 놓고는 '넷플리 고장 났다'고 전화와 톡을 해 댔다. 어제 아침에 다시 가르친 다음엔 연락이 없어서 이제 됐구나 싶었는데, 밤새 또 까먹었나 보다.

"수림아, 앤이 길버트한테 편지를 쓰다가 잉크가 쏟아졌거든? 거기 보다가 오줌 누려고 잠깐 멈췄는데, 다시 누르니까 앤이 안 돼."

"어유."

"나 때문에 막 뚜껑이 열릴 것 같어?"

"왜 사이좋은 부부가 운전 가르쳐 주다 멀어지는지 알겠어."

"미안해에."

순례 씨가 귀여운 척을 했다. 인내심에 한계가 오려고 했다. 더 가르치다간 구박할 것 같았다. 나는 진하에게 넷플릭스 문제를 넘겼다.

순례 씨는 진하에게 배운 지 한 시간 만에, 빨간 머리 앤은 물론 넷플릭스를 자유자재로 검색하는 수준에 올라섰다.

"오수림, 네가 잘못 가르쳐 놓고 왜 우리 순례 씨를 구박해? 순례 씨, 최측근 저로 바꿔 주세요. 오수림은요, 순례 씨 안 보는 데서 1회 용품 써요. 저는 비닐 줄이고 이산화탄소 배출을 줄이려고 정말 노력하거든요. 제가 순례 씨 최측근이 되어야 한다니까요."

진하가 약을 올렸다. 할 말이 없었다. 진하 말이 맞으니까. 진하의 비결은 '달력종이'였다. 달력종이 뒷면에 리모컨을 크게 그려 놓고, 사용법을 알아보기 쉽게 정리해 준 것이다.

"원래 선생은 자기 자식 가르치기가 어렵고, 최측근에겐 넷플리 가르치기 어려운 법이다. 못 가르치는 게 최측근이야."

순례 씨는 '최측근 교체 요구'를 그렇게 거절했다. 그러고는 앤 시리즈에 빠져들었다. 순례 씨가 가장 좋아하는 인물은 '매튜 아저씨'다. 매튜 아저씨 같은 사람이 있으면 한 번 더 연애를 하고 싶다나.

원장님은 순례 씨에게 '옥탑에 태양광 패널'을 설치하자고 건의했다. 일부러 엄마 귀에 들어가도록, 셋이 1층 입구에서 마주치는 틈을 타서.

"우리가 태양광 패널로 망한 걸 알고 어쩜 그럴 수가 있어!"

엄마가 안방에서 격분하고 있을 때, 진하가 201호로 쑥 들어왔다.

"굵은 소금을 2차로 뿌릴게요. 불개미 퇴치에 도움이 됩니다."

"그래. 니 맘대로 해."

"네."

진하가 소금을 뿌리며 대답했다.

"아유, 태양광 패널 말만 들어도 머리 터지겠어."

"아줌마, 태양 에너지를 전기 에너지로 바꿔서 이용하는 건 두 가지예요. 태양광 발전, 태양열 발전. 태양광 발전은 태양 전지를 이용해서 태양 빛을 전기 에너지로 바꾸는 거죠. 태양열 발전은 빛으로 물을 가열해서 증기를 생산한 다음에, 그걸로 터빈을 돌려서 전기 에너지를 만들어요."

엄마는 진하를 보며 얼굴을 찌푸렸다. 나는 지금껏 진하의 과학 지식이 '자동 발사'되는 줄만 알았다. 아니었다. 진하는 치밀한 '의도 발사'도 했다.

"복수니?"

엄마가 방문을 닫아 버린 틈에 조용히 물었다.

"응."

"언제까지 하려고?"

"틈틈이."

진하가 슬며시 웃었다. 그날 밤 원장님처럼.

엄마 아빠는 여전히 작은 소리로 대화하는 재주가 없었다. 아빠는 여전히 둘째 고모가 찾아올 거라고 기대하고 있었다. 이렇게 좁은 집에서 어렵게 사는 걸 알면 마음을 돌려서 도와줄 거라고.

두 사람의 최대 관심사는 '순례 주택 수익성'이었다. 순례 주택은 17억 이상에 팔 수 있는 집이라는 것도 그새 알아냈다. 순례 씨처럼 세를 깎아 주지 않고 옥탑방까지 월세를 놓으면, 400만 원 정도 월세를 받을 수 있다는 것도.

순례 주택 = 17억 = 월세 400만 원 보장

등치시키는 게 낯설었다. 순례 주택의 가치를 그런 식으로 매기는 게 싫었다.

"그러니까 말인데, 여기 건물주들은 원더 그랜디움 사람들보다 부자인 거잖아요?"

"그러네요. 앞에 방앗간 건물은 더 큰데. 그건 20억 넘겠죠?"

"그 건물 주인은 누구래요?"

"방앗간요."

"건물주가 고추 빻고 참기름 짠다고요?"

"그렇다니까요. 그 폐기물 같은 자전거 있잖아요. 그거 타고 배달 다녀요. 방앗간 할아버지."

"이 동네 이상하지 않아요? 돈 많은 거 숨기려고 일부러 그러는 걸까요? 그 할머닌 옷 완전 촌스럽게 입고."

둘은 상당히 놀란 것 같았다. 성 밖에, 성 안보다 부자들이 살고 있다는 걸 깨닫고.

"그렇게 돈이 많은데 왜 이런 동네에 살죠?"

"자기 집이니까 참고 사는 걸까요?"

아빠의 추측에 헛웃음이 나왔다. 순례 씨는 참고 살지 않는다. 순례 주택과 거북 마을을 누리고 산다.

"그 할머니 죽으면 아들이 물려받겠죠?"

"그러겠죠. 등기부등본에 대출도 전혀 없던데."

'언제 등기부등본을 떼어 봤지? 보증금도 없이 들어오면서.'

가계약이 뭔지 마흔일곱에 처음 알게 된 아빠치고, 쓸데없이 치밀하다는 생각이 들었다.

"좋겠다. 그 아들."

"캐나다에 산다고 하던데요."

"캐나다에서 유산 받으러 못 오겠어요."

순례 씨가 돌아가시면 아들이 장례를 치르러 올 거다. 하지만 유산은 받을 수가 없다. 최측근인 나는 그 이유를 알고 있다. 물론 발설하지 않는다. 특히 1군들에게는.

순례 주택 상속 문제를 얘기하려면, 오십오 년 전 순례 씨의 결혼까지 거슬러 올라가야 한다. 순례 씨 전남편은 고리대금업자였다. 결혼할 때는 읍내 시계점 주인이었는데, 장사가 잘되어 번 돈으로 조금씩 고리대금업을 시작했다. 결혼한 지 십 년이 되었을 땐 완전한 고리대금업자가 되어 버렸다. 순례 씨가 말려도 소용없었다. 아침부터 저녁까지 성실하게, 이자를 제때 내지 못한 사람들을 협박하러 다녔다. 빚진 사람들 멱살을 잡고 때리던 손으로 아들을 다정하게 쓰다듬었다. 순례 씨를 안으려고 했다. 순례 씨는 끔찍했다. "엄청나게 성실하고 가족애가 강한, 엄청 나쁜 인간이었어." 순례 씨는 전남편을 그렇게 정의한다. 이혼을 결심하고 남편이 저지른 불법을 공책에 자세히 적어 두었다. 남편은 그 공책이 무서워서 이혼을 해 줬다. 아들도 놓아줬다. 위자료는 받지 못했다. "이제 바르지 못하게 번 돈으로 널 키우지 않아도 돼서 기쁘다. 우리 가난하고 당당하게 살자."라는 말에 아들은 "좋아, 엄마." 하고 따라나섰다.

문제는 전남편이 갑자기 죽은 다음에 생겼다. 아들이 아버지 유산을 받겠다고 한 것이다. 순례 씨는 "약한 사람들 겁박해서 받아 낸 돈이 많아. 다 기부해라." 하고 권했다. 아들은 말을 듣지 않았다. 유산을 받았다. 그러고는 캐나다로 이민을 가겠다고 했다. 고리대금업자 아들로 살았던 나라를 떠나겠다고. "이 나쁜 자식아. 돈도 두고 떠나. 그래야 진짜 떠나는 거지." 순례 씨가 사정해도 소용없었다. 순례 씨는 설득을 포기했다. 그리고 두 가지 약속을 받아 냈다. 첫째, 아버지보단 덜 나쁜 놈으로 사는 것. 둘째, 대신 순례 씨 재산을 기부할 거니까 상속을 포기하라는 것. 아들은 각서를 쓰고 캐나다로 갔다. 순례 씨는 그 각서에 공증을 받았다. 순례 씨가 세상을 떠나면 유산은 모두 '국경없는의사회'가 가져간다. '국경없는의사회'가 상속자라는 건 할아버지, 나, 길동 씨와 아저씨, 캐나다 아들 가족만 안다. 할아버지가 돌아가셨으니, 우리나라에선 나랑 길동 씨 부부만 아는 거다.

'세상에 구호단체가 많은데, 왜 국경없는의사회를 선택했지?'

문득 궁금해졌다. 순례 씨에게 톡을 보냈다.

순례 씨 자?

문자 앤 멈춤

내 톡 때문에 앤을 보다가 '멈춤' 버튼을 눌렀다는 뜻이다.

지금 12시 넘었어.
넷플릭스에 완전 빠져 가지고는

왜

갑자기 궁금해서 그러는데
왜 국경없는의사회를 선택했어?

국경 없어.

응?

국경 실 경계 실

'국경이 싫어. 경계가 싫어.'란 뜻이다.

아니 왜 유산을 국경없는의사회에 줬냐고

순례 씨가 전화를 했다. 그러고는 속삭이듯 작은 소리로 말했다.

"국경이 없대서 줬어. 국경 있는 의사회가 아니라 국경 없는 의사회라서. 앤 봐야 돼. 톡 그만해."

그러고는 전화를 끊었다. 엄마 아빠는 안방에서 캐나다 아들과 건물주에 대한 부러움을 속삭이고, 순례 씨는 402호에서 빨간 머리 앤에 몰입해 있고, 오미림은 옆에서 이를 갈며 자고, 나는 '국경이 없다'는 것에 대해 생각하다 잠이 들었다.

5부

15

옥탑 사용이 뻘쭘해진 아빠는 일찌감치 도서관에 갔다. 언니도. 엄마와 나는 점심을 먹으며 티브이를 봤다. 정오 뉴스가 끝나고 '길 따라 인생 따라'라는 프로그램이 시작되었다. 주인공은 국숫집 할머니였다. 남편이 사업에 실패한 다음, 국수 장사를 해서 자식 넷을 키워 낸 할머니 얘기였다. 할머니 국숫집은 전국에서 찾아오는 맛집이 되어 있었다.

"엄마, 저 할머니도 한때 사장 부인이었네."

"응."

"텔레비전 보면 저런 사람들 많아. 바닥부터 시작해서 완전 사업가가 된."

엄마가 갑자기 젓가락을 탁 놓았다.

"야, 너 솔직히 말해서, 지금 나 들으라고 하는 소리지?"

엄마는 가끔 귀신같다. 엄마 들으라고 한 소리였다.

"널 학원도 안 다니는데 전교 1등 하는 애랑 비교하면 기분 좋아?"

"아니."

"근데 나한테 왜 그래. 난 못 한다고. 나한테 저런 능력이 없다고."

엄마가 울었다. 엄마 마음을 좀 이해할 수 있을 것 같았다. 엄마는 반에서 중간인 나보고 전교 1등을 해내라는 것만큼 압박을 느끼고 있는 거다.

엄마는 명주 이모가 소개한 동호회 출사를 갔다가 풀이 죽어서 돌아왔다. 동호회원들이 가지고 있는 카메라는 '5D mark4'라는 거였다. 그걸로 한 세트를 갖추려면 최소 700만 원이 들고, 그런 장비를 가지고 오래 찍은 분들 중에 사진으로 돈을 번 사람은 거의 없다는 것도 알게 되었다. 말 그대로 사진을 사랑하는 동호회였다.

"너, 나 괴롭히려고 여기 데려왔지? 청소부 딸이 거북고 선생으로 온다고 협박을 하고, 아우 짜증 나."

"……."

"근데 너, 순례 씨 아들 본 적 있어?"

엄마가 눈물을 훔치며 물었다.

"어. 나 어렸을 때 한국에 나왔었어. 어렴풋이 기억나."

"순례 씨랑 통화 자주 하니?"

"어……."

최측근으로 촉이 일어서는 느낌이었다. 뭔가 어젯밤에 엿들은 순례 주택이라는 엄청난 유산 얘기의 연장선에서.

"아들하고 사이좋아?"

"뭐…… 가끔 국제우편으로 뭐가 와. 영양제 같은 거."

"아들은 캐나다에서 뭐 하니?"

"슈퍼마켓."

"부자야?"

"어…… 잘 몰라."

"이 집 아들이 물려받겠지?"

"어…… 그것도 잘 몰라."

"최측근이 왜 잘 몰라."

진땀이 났다. 최측근으로 아는 걸 모른다고 하려니.

"길동 씨는 알아?"

"글쎄."

"아, 길동 씨한테 물어봐야겠다."

"어."

나는 일부러 천천히 점심을 먹었다. 그러고는 슬그머니 내 방으로 와서 길동 씨에게 '엄마 모르게 은밀히 보자'는 톡을 보냈다.

은밀한 모임은 오 분 만에, 302호에서 성사되었다. 급하게 모이는 바람에 아저씨 이빨 사이엔 고춧가루가 끼어 있었다. 나는 엄마 아빠의 관심이 집중된 '캐나다 아들'과 '순례 주택 17억설'에 대해 이야기를 했다.

"우리가 최측근으로서, 어디까지 말해 줘야 할까요?"

내가 물었다.

"에이, 너만 최측근이지. 우리 부부는 측근 정도?"

아저씨가 고개를 저었다.

"자…… 머리를 쓰자. 이 궁금증을 말이다…… 잘 유도하면 말이다…… 순례 주택 사람들하고 잘 지내는 길이 될 것 같은데."

길동 씨가 머리를 긁적이며 말했다.

"어, 어, 저한테도 그 촉이 와요."

내가 맞장구를 쳤다.

"어떻게 이걸…… 싸가지가 좀 생기게 하는 데 쓸 수 없을까?"

길동 씨가 말했다. 엄마 아빠가 싸가지가 부족한 건 사실이지만, 막상 들으니 기분이 좋진 않았다. 나는 조금 전 엄마가 '국숫집 할머니 사건'으로 운 얘기를 했다. 엄마에게 국숫집 할머니는 나에게 전교 1등 하라는 것만큼 부담스런 상황이라는 것도.

"네 엄마 겁나는구나. 그럴 줄 알았어. 오죽 자신이 없으면 아파트에 산다는 걸로 자기를 확인하고 싶었겠어. 자랑할 게 비싼 아파트밖에 없는 인생처럼 초라한 게 있을까."

길동 씨가 한숨을 쉬었다.

"순례 누나한테 말할까? 싸가지 생기게 우리가 작전 짜고 있다고?"

아저씨가 물었다.

"안 돼. 언니는 술수를 싫어해."

"그럼 작전 짜지 말까?"

"아냐. 순례 언니 상처받을 것 같아."

길동 씨는 순례 씨를 걱정했다. 순례 씨의 '선의'가 실망으로 바뀌면, 마음이 아플 것 같다고. 그 '선의' 덕분에 덜 고단한 인생을 사는 우리가 순례 씨를 지켜 주자고.

"전 술수라도 썼으면 좋겠어요. 모두를 위해서."

"그래 네 말이 맞다. 이대로는 안 돼. 어제는 나한테 원장은 왜 아들이 미용사 같은 거 하게 두냐고 하더라고. 미용사 같은 거라니. 원장이 들었어 봐. 뒤집어졌지."

"우리 엄마가요? 길동 씨 앞에서?"

"응."

가슴이 답답했다. 엄마는 정말 대책이 없다.

"수림이 아빠도 걱정이야. 박사가 '201호 때문에 빡친다'고 하더라고. 박사 입에서 '빡친다' 소리 나오는 거 첨 봐. 박사한테 그러더래. 순례 씨가 늙어서 의지할 데 없으니까 자기들을 불러들인 거라고. 그러면서 집주인 가족인 척 거들먹거리더래. 계단 청소 상태가 안 좋다고 지적하면서. 책상 얻은 걸 후회하고 있더라고. 갖다 버리고 싶대."

아저씨가 미간을 찌푸리며 말했다. 심장이 오그라드는 것 같았다. 엄마 아빠가 물가에 내놓은 어린아이들 같았다. 아침마다 '오늘도 무사히'를 빌어야 하는.

"음, 내가 뇌를 안 다친 게 맞아. 수림이는 이제 내려가라.

우리가 작전을 짤 거니까. 그리고 좀 있다가 현장 중계를 들으러 와. 한 시간 내로 간다."

아저씨는 상당히 뿌듯한 표정이었다.

"뭐 좋은 생각 났어?"

길동 씨는 작전이 궁금한 것 같았다. 나는 궁금해할 기운이 없었다. 1군들을 순례 주택으로 데려온 지 이 주가 되기 전에, 아직 다 크기도 전에, 폭삭 늙어 버린 기분이었다.

길동 씨는 정말 한 시간 내로 201호 문을 두드렸다. 순례 주택 사람이 201호 문을 두드린 건 이사 후 처음이었다.

"수림 엄마, 바빠?"

"아뇨."

"김치 하려는데 좀 도와줄래? 막김치 좋아하면 좀 줄까?"

"네, 네."

"그럼 우리 집으로 와."

엄마는 길동 씨가 반가운 것 같았다. 옥탑에서 먹은 김치가 맛있다고 몇 번이나 감탄을 한 데다, 1군들에겐 김치 재료 살 돈도 없으니까.

"수림이 바쁘지 않으면 와서 양파랑 마늘 좀 까라."

"예."

길동 씨 표정이 자신만만했다. 그제야 살짝 기대가 되었다. 작전이 뭔지.

"아, 302호는 거실이 넓네요?"

엄마가 302호로 들어서면서 말했다. 나는 201호로 돌아간 다음 엄마가 할 말을 예상했다. "그 여자는 왜 우리 아빠한테 201호를 줘. 302호처럼 넓고 환한 집을 줬어야지. 사랑한다면서." 혹은 "302호 이사 안 가니? 순례 씨한테 부탁해 봐. 그 집 비면 우리 달라고." 엄마의 반응은 대부분 나를 힘들게 했지만 예상 가능한 수준이었다. 고수 홍길동에게 매우 만만한.

"수림아, 너는 방에 들어가서 창문 열어 놓고 양파 까라. 나는 양파 냄새만 맡아도 눈물이 나. 체질인가 봐."

길동 씨가 말했다.

"예."

나는 양파가 든 쟁반을 들고 안방으로 들어왔다. 길동 씨는 양파를 엄청 잘 깐다. 매워도 눈물을 잘 안 흘린다. 처음부터 거짓말로 시작하는 게, 나름 큰 뻥을 준비한 것 같았다.

"여보, 수림이 수건 좀 갖다줘. 양파 까면 눈물 나잖아."

"응."

아저씨가 방으로 수건을 가지고 들어왔다. 그러고는 나지막이 말했다.

"수림아, 많이 웃기면 이불에 얼굴을 박아. 네가 웃음을 못 참을 것 같아서, 여기 처넣는 거다."

아저씨가 윙크를 했다. 들뜨고 긴장된 표정으로. 뇌졸중 후유증으로 얼굴 마비가 완전히 풀리지 않아서 아저씨 윙크는 좀 슬펐다.

길동 씨는 엄마를 적절히 약 올리며 조런했다. 순례 주택을 안내하는 척하고 "좋은 자재로 엄청 잘 지은 집이라 부동산에 시세대로 내놓으면 쉽게 팔릴 거다."라는 말을 던졌다. 내가 알려 준 시세는 17억이었는데, 길동 씨는 금세 20억으로 만들었다. 그리고 엄마 속을 긁었다. 할아버지와 순례 씨가 결혼했으면, 절대 할아버지가 사기를 당하지 않았을 거라고. 순례 씨는 자산 관리의 엄청난 달인이라서 이혼할 때 맨몸으로 나와 오늘날 '20억 건물주'가 되었다고.

"수림 엄마, 어떻게 해서든 아버지를 설득해서 두 분 결혼

시키지 그랬어. 수림 엄마는 외로우실까 봐 맺어 드리고 싶었는데, 아버지가 어머니를 못 잊어서 그런 거지?"

"어. 네."

나는 길동 씨 부부와 마주 앉은 엄마 표정이 궁금해졌다.

"아, 늙으면 자식 말을 좀 들어야 하는데 말이야. 아버지가 왜 똑똑한 딸 말을 안 들었나 몰라."

아저씨 예측이 맞았다. 나는 웃음이 터질 것 같았다.

"수림이네는 코앞에서 로또를 날렸어. 아버지가 순례 언니한테 돈을 맡겼으면 아파트 한 채가 뭐야. 두 채로 만들었지."

"아아, 재테크에…… 그렇게 뛰어나세요?"

"그럼."

엄마는 길동 씨에게 말려 들어가기 시작했다.

"그리고 수림 엄마 아빠처럼 똑똑한 사람들이 말이야, 순례 언니 돌아가실 때까지 잘 모셨으면 이 건물도 반쯤은 유산으로 받지 않았겠어?"

"네에?"

"왜, 놀랐어?"

"아뇨, 놀란 게 아니라…… 아들이 있는데."

"아, 이 집 아들한테 안 가."

"왜요?"

"이걸 말해야 되나. 참, 수림이 엄마만 알고 있어. 이 집은 세상에 빛이 될 거야."

"네에?"

"순례 언니 죽으면 세상에 빛이 되는 곳으로 가게 만든대."

"그게 무슨?"

"자세히는 몰라. 순례 언니가 잘 베풀잖아. 잘 베푸는 사람들한테 줄 것 같아. 좋아하는 사람들."

"누굴…… 좋, 좋아하시는데요?"

완전히 길동 씨한테 말려든 엄마. 나는 양파 까기를 멈추고 숨을 죽였다.

"좋아하는 것보다 싫어하는 게 분명하지. 일단, 경계를 싫어해. 국경 같은 거."

"예?"

"예를 들면 뭐 정상, 비정상 이렇게 나누는 거 싫어해."

엄마는 본인을 찌르고 있다는 걸 알까. 지금 세상의 바보인 엄마에게 길동 씨가 웃으면서 화내고 있다는 걸.

"순례 씨는 경계를 싫어하시고…… 누굴 좋아하세요?"

"뭐 수림이 할아버지 좋아했지만 돌아가셨고, 최측근은 수림이고……."

"수림이요? 우리 수림이?"

엄마는 내 이름을 큰 소리로 불렀다.

"그치, 수림이 좋아하지. 수림이한테 잘못한 사람은 가만 안 둬. 누구였더라. 수림이가 모자란다고 해서, 순례 언니가 확 돌아선 사람? 여보 누구지?"

"어, 어, 누군지 알겠다. 저쪽에, 저 아래 살던 사람."

아저씨는 길동 씨만큼 고수가 아니다. 작전을 수행하느라 상당히 긴장해서, 말을 더듬었다.

"맞아, 저 아래 그 사람, 순례 주택 들어오고 싶어 하던 사람 있었어. 이사 가 버렸어. 수림이 모자란다고 해서 세 안 줬지."

"아니, 누가 우리 수림이를 모자란다고 했대요?"

엄마, 아빠, 오미림. 나한테 모자라다고 한 사람은 그렇게 셋이다.

"그러게 말야. 수림이처럼 야무진 애를. 수림이는 보면 마음이 탁 놓이지 않아?"

"예?"

"그런 자식이 최고야. 너무 예민하지도 않고. 어려운 일 겪어도 어떻게든 한세상 잘 살 것 같은 애. 아주 좋은 걸 타고났지."

"예에……."

"순례 언니가 우리 수림이 엄청 사랑하지. 수림이가 또 착하잖아. 사람들에게 상처 주는 말도 안 하고. 건물주한테 그렇게 사랑받으면 거들먹거릴 만도 하지. 근데 수림인 참 겸손해."

"그럼요, 우리 딸 착하죠. 담임이 칭찬하더라고요. 생활지능이 높다고. 그 선생님 학생 파악 능력이 아주 뛰어났어요. 작년 담임."

나는 웃음을 참기가 점점 더 어려워졌다.

"순례 언니는 자기 힘으로 어려운 세상 헤쳐 나온 사람이잖아? 그래서 그런지 열심히 사는 사람 엄청 좋아해. 301호 박사 있지? 엄청 예뻐해. 박사가 막 새벽에 김밥 말고, 새벽 배송하고, 복도 청소하고, 입주 청소하고 다 하잖아."

"저도 새벽에 김밥 말 수 있는데."

"그래? 칼질하는 거 보니 솜씨가 좋아 보이네. 내가 거북 분식에 말해 볼까? 수림 엄마도 새벽에 김밥 말 거라고."

"네!"

대단한 홍길동이다. 순례 씨 말이 맞다. 길동 씨가 사기를 쳤으면 희대의 사기꾼이 되고 남았을 거라는.

"내 느낌인데, 아마도 순례 주택을 수림이한테 물려주지 않을까 싶어."

"우, 우리 수림이요?"

"어, 내 느낌이지만. 아들은 유산 포기한다고 각서 쓰고 캐나다 갔거든. 아들 말고 누가 있겠어. 수림이지."

"각서를 썼다고요?"

"응, 아마 공증도 받았을 거야."

"아."

"순례 언니, 훌륭하지?"

"네에, 정말 훌륭한 분이네요."

"영광스럽지 않아? 그런 분하고 아버지가 오래 연인으로 지낸 게."

"정말 영광이에요. 순례 씨 돌아가실 때까지 우리 수림이가 잘 모실 거예요."

"응, 수림이가 잘 모시겠지."

"그럼요. 우리 수림이랑 순례 씨 관계가 핏줄을 떠나 참 아름답네요. 순례 씨 돌아가실 때까지 우리 수림이가, 아니 우리 가족이 잘 모실 거예요!"

더 이상 참을 수가 없었다. 나는 이불로 얼굴을 감싸고 웃었다.

"수림아."

아저씨가 문을 살그머니 열었다가 얼른 닫았다.

"아이고, 수림이 잠들었구나. 피곤했나 봐. 자게 두고 수림 엄마 먼저 가요. 셋이 하니까 금방 다듬었네."

엄마가 내려가고, 나와 길동 씨 부부는 한참을 웃었다. 할아버지가 돌아가신 다음, 그렇게 격렬하게 웃긴 일은 처음이었다.

16

'2019 시간 강사 지원사업' 신청자를 추가로 받는다고 발표가 났다. 박사님은 아마 우리 아빠와 박사님 둘 다 선정될 거라고 했다. 꽤 많은 사람을 뽑으니까.

진하는 나름의 복수를 포기하겠다고 선언했다. 병하 오빠 때문이었다.

장병하가 성질냄
너네 집에 소금 뿌렸다고

왜?

너도 사는데 뿌리면 안 된대.

엥?

니네 엄마한테 복수하지 말래.
자기 장모님 될지도 모른다고.

???

니가 어렸을 때 나중에
장병하랑 결혼한다고 했다며
장병하는 믿고 있어
자기가 서른 살 됐을 때
둘 다 싱글이면 잘해 본대

허걱

완전 진지
사돈들 사이가 나빠서
로미오 줄리엣 될 수 있으니
참아 달래. 나라도.

일곱 살 오수림은 병하 오빠를 좋아했다. 나중에 커서 오빠랑 결혼한다는 얘길 입버릇처럼 했다. 학교에 들어간 다음부턴 하지 않았다. 썸을 탄 순간은 일 초도 없다. 특별히 사이가 나쁘지 않은 남매 정도로 지냈다. 그리고 오늘 진하에게 한 말은, 모두 뻥이다.

수림아. 순례 주택의 평화를 위해
뺑 좀 칠게.

이사하던 날 오빠가 보낸 톡이었다. '뺑'에 대해 자세히 묻진 않았다. 진하 덕에 '뺑'의 내용을 알게 되었다. 마음이 따뜻해졌다. 평화를 위해 '로미오와 줄리엣'까지 끌고 온 오빠가 고마웠다.

길동 씨 부부 작전에 엄마 아빠는 완전히 넘어갔다. 작전에 넘어간 날 밤, 나는 일부러 자리를 피해 줬다. 오미림과 아빠가 집에 올 시간에 맞춰서. 1군들이 꼼꼼하게 체크하며 회의를 한 것 같았다.

엄마 아빠는 순례 씨와 마주치면 거의 배꼽 인사를 했다. 옥탑방 냉장고에 과일을 사다 넣었다. 말조심하느라 애쓰는 게 보였다. 엄마는 새벽 2시에 일어나 거북 분식에 출근했다. 새벽일이라 시급이 많았다. 오전 8시까지 여섯 시간을 일하고 7만 원을 받았다. 김밥 네 줄도. 엄마는 그 돈을 만지고 또 만졌다.

"있잖아, 이거 내가 세상에 태어나서 처음 번 돈이야."

아빠는 좀 숙연한 표정이었다. 우걱우걱 김밥을 먹긴 했지만. 나는 열여섯 여름에 돈을 처음 벌었다. 엄마는 마흔셋 여름에 벌었고. 엄마보다 내가 더 좋은 환경에서 자라고 있단 생각이 들었다. 내가 무슨 일을 하며 살게 될진 모르지만, 엄마만큼 세상에 나가 돈 버는 일을 두려워하지 않는 마흔셋이 될 테니까.

"태어나서 처음 7만 원 벌어 봤네. 김밥 네 줄이랑. 요즘은 한 끼 식비가 무서운데."

"아니야. 엄마는 전업주부 했잖아. 아빠가 번 돈, 반은 엄마가 번 거지."

내 말에 아무도 토를 달지 않았다. 숙연한 상태기도 했지만 숙연하지 않을 때도 그렇게 됐다. 길동 씨의 덫에 걸린 줄 모르고 302호로 들어간 엄마와, 다시 그 집을 나선 순간의 엄마는 '다른 존재'가 되어 버렸다. 얘기를 전해 들은 아빠도.

"니 엄마 갑자기 왜 그러니?"

순례 씨가 물었다.

"왜."

"반찬을 해서 들고 왔어."

"벼룩도 낯짝이 있나 보지."

나는 작전을 들킬까 봐 애써 태연한 척했다.

"이상하잖아. 니 이유식도 안 해 오던 사람이야."

"새벽 김밥 하고 7만 원 벌었어. 감격하던데. 태어나 처음 번 돈이라고. 그 돈으로 했나 봐."

"니 엄마가 새벽에 김밥을 말러 갔다고? 생각보다 빨리 크는데."

나는 작전이 완벽하게 수행되기를, 그래서 순례 씨가 끝까지 모르기 바라는 마음이 간절해졌다. 할아버지가 사기당한 걸 모르고 돌아가신 것처럼, 엄마가 '순례 주택'에 탐이 나서 저러는 걸 끝끝내 모르기를.

"참, 너 병하랑 로미오 줄 되는 거야?"

순례 씨가 내 볼을 톡톡 치며 물었다.

"무슨 로미오 줄리엣. 진하가 그래?"

"응."

"오빠가 뻥친 거야."

"엉?"

"순례 주택의 평화를 지키려고 뻥친 거야. 진하가 울 엄마한테 복수하니까."

"에잇, 난 또 병하랑 너랑 잘 되는 줄 알고 좋아했네. 병하가 니 첫사랑이잖아."

"오빠 괜찮지. 근데 아까워."

"뭐가?"

"생각해 봐. 병하 오빠네는 부끄러움이 뭔지 모르는 사람이 하나도 없어. 진상 없는 가족! 1군들 같은 콩가루랑 사돈 맺으면 되겠냐고."

순례 씨가 나를 가만히 보았다.

"너, 병하 좋아하는구나."

"아, 아니라니까. 진짜!"

"결혼까지 진지하게 생각하셨군."

순례 씨가 키득키득 웃었다.

'왜 사돈 맺는 것까지 생각을 했지?'

나도 나를 알 수가 없었다.

엄마가 속이 빤히 보이게 변했다면, 아빠는 상당히 정교하게 변했다. 박사님에게 "순례 주택에서 살면서 많은 깨달음을 얻었다."며 접근했다. 자기 방도 안 치우는 사람이 옥탑을 청소했다. 박사님을 따라 새벽 배송을 나서겠다고 했다.(차가 없어서 배송은 할 수가 없었다. 대신 야간 물류 창고 일을 했다.) 엄마는 '새벽 김밥'에서 보람을 느낀 것 같은데, 아빠는 물류 창고에서 짜증만 난 것 같았다. 그래도 '순례 씨가 좋아하는 박사님 따라 하기'를 멈추지 않았다. "코앞에 로또가 있는데 이 정도는 참아야지." 하고 깊은 밤 엄마와 속삭이는 소리는 아주 잘 들렸다. 나도 길동 씨처럼 세상의 바보들에게 웃으면서 화내고 싶어졌다.

"작년 담임쌤 보고 싶다."

1군들 앞에서 불쑥 말을 꺼냈다.

"어어, 곧 개학하면 뵙겠네."

엄마가 다정하게 말했다.

"다른 학교로 전근 가셨잖아. 학생 파악 능력 떨어진다고 엄마가 씹던 담임."

"얘는, 내가 씹기는 뭘 씹었다고. 네 칭찬 많이 하셨지."

"아, 그때는 13등 해도 행복했는데. 이번 학기는 12등 했는데 안 행복해."

"왜에 안 행복해. 너는 이 세상을 잘 헤쳐 나갈 거야."

엄마가 싱긋 웃었다.

"몰라, 다리 아프고 안 행복해."

"다리가 아파? 좀 주물러 줄까?"

엄마가 다리를 주물러 줬다. 밤이 되면 오미림 말고 내 다리만 주물러 줬다. 안마를 받으며 나는 상상했다.

때는 조선시대, 출생의 비밀이 밝혀진 오수림 공주는 자기를 구박하던 주인집 마님의 안마를 받는다. 공주는 2004년 다시 환생하였고, 때는 조물주보다 건물주의 계급이 높은 시대였다. 출생의 비밀이 밝혀지지 않아 '모지리'라 구박받다가, 열여섯 어느 여름날 장차 건물주가 될 인물이라는 게 밝혀진다. 구박하던 자들은 설설 긴다. 안마를 한다.

"재수 없어."

상상을 깨 준 건 오미림이었다.

"참, 뭐 부끄러움을 알라고 저 혼자 고상한 척하더니. 건물주 상속녀라고 갑질해?"

정신이 번쩍 났다. 엄마 아빠보다 오미림이 지조 있는 인간이라는 생각이 들었다. 상속녀 따위 신경 끄고 자기 캐릭터를 꿋꿋이 밀고 나가는.

오미림에게 들은 말이 머릿속을 맴돌았다. 나는 잠자리에서 일어났다. 잠옷 바람으로 터벅터벅 옥상으로 올라갔다. 늦여름 풀벌레 소리를 들으며 원더 그랜디움을 바라봤다.

'에이 씨, 1군들은 나를 걸핏하면 무시했는데…… 난 갑질 쬐끔 하고 기분이 왜 더럽냐고.'

짜증이 났다. 갑질은 통쾌했다. 하지만 행복하지 않았다. 찝찝하고 불안한 통쾌함이랄까. 마음이 편치 않았다.

"수림아."

컴컴한 옥탑방에서 순례 씨 목소리가 들렸다.

"어, 거기서 불도 안 켜고 뭐 해."

"생각하고 있었어. 풋."

"풋?"

"풋내기, 풋감, 풋사랑, 풋고추."

"아직도 1학년 1학기 국어 교과서?"

"응."

"재밌어?"

"그게, 교과서는 책에서 어떤 데만 뽑아서 실어 놨잖아? 그 어떤 데는 쉬워. 책 전체는 어려워도 말이야, 일부는 쉬워."

"……."

"인생도 그런 것 같아."

"전체는 어렵다고?"

"어, 전체도 어렵고 처음도 어려워. 풋노인. 나는 아직도 풋노인인 것 같아. 그래서 어려워."

"아, 나는 풋청소년인가. 왜 이렇게 어렵지?"

"풋가난도 어려울 거야."

"풋가난?"

"1군들 풋가난."

"응."

우리는 말없이 밤하늘을 보았다.

"수림아, 나 막 똑똑해지고 있어. 퀴즈 낼까?"

"응."

"세월이 강물과 같이, 할 때는 같이가 부사야."

"와…… 그걸 다 외웠네."

"아, 아직 안 끝났어. 퀴즈잖아. 눈같이 흰, 할 때는 같이가 뭐게?"

"조사."

"어, 아네?"

"반은 아니까 중간은 하지."

"근데 수림아, 있잖아."

"또 퀴즈 내게?"

"아니. 부사는 맛있어. 사과는 역시 부사야."

"어유."

나는 사랑스러운 풋노인 손을 꼭 잡았다.

"순례 씨, 있잖아. 나는 나중에 자식을 낳으면, 꼭 태어난 게 기쁜 사람으로 키우고 싶어."

"왜?"

"태어난 게 기쁘니까, 사람으로 사는 게 고마우니까, 찝찝하고 불안한 통쾌함 같은 거 불편해할 거야. 진짜 행복해지려고 할 거야. 지금 나처럼."

17

누가 201호 현관문을 세게 두드렸다.

"이 새벽에 누구야?"

엄마가 불을 켰다. 나도 겨우 눈을 떴다. 5시 50분이었다.

"누구세요."

엄마가 물었다.

"수림아, 빨리 나와. 순례어."

'순례어'라는 말에 직감이 왔다. 순례 씨가 다친 거다. 나는 후다닥 문을 열었다. 영선 씨가 서 있었다.

"순례 씨가 옥상에서 미끄러졌어. 박사님이 업고 내려올 거야. 차 뺄게. 빨리 나와. 순례 씨 다치니까 순례어가 막 나오고 있어. 통역해야지."

정신이 아득해졌다. 순례 씨가 다쳤다. 허겁지겁 옷을 갈아입고 신발을 신었다. 주차장으로 뛰어 내려갔다. 박사님이 순례 씨를 업고 연두색 마티즈 앞에 서 있었다.

"순례 씨, 왜 그래."

"어, 비가 와서 미끄러운 걸 모르고, 메리골 괜찮나 보러 가다. 스마티 안 끄고. 보험 신발."

순례 씨는 메리골드 꽃이 괜찮은 걸 보러 갔다 미끄러졌다. 스마트 티브이는 안 껐다. 보험증권은 신발장에 있다.

"보험증권 지금 필요 없어. 얼른 병원이나 가."

나는 먼저 마티즈에 들어가 순례 씨 엉덩이를 받치고, 박사님이 순례 씨를 차 안으로 밀어 넣었다.

"박사님 앞에 타시고, 얼른 갑시다."

영선 씨가 재촉했다. 서둘러 출발하려는데 아빠가 차 앞을 막아섰다. 운전석 쪽으로 다가왔다.

"저기 어머, 아니 순례 씨를 저희가 모시고 가야 하지 않겠습니까?"

"차 없잖아요."

영선 씨가 말했다. 그러고 보니 영선 씨가 이사 온 지 오 년 만에 처음 들어 본 목소리다. 오늘 새벽 201호 현관문 앞에서 한 말이.

"네, 그렇지만 위급 상황에선 119를 부르는 게."

아빠가 계속 막아서며 말했다.

"발목 다치신 거라 이렇게 가도 됩니다."

박사님이 말했다.

"그럼 제, 제가 박사님 대신 타고 순례 씨를 업어 드릴게요."

아빠가 박사님이 탄 보조석 쪽으로 움직였다.

"여보, 당신도 뒷자리에 타요. 애만 보내면 되겠어요. 어른이 가야지."

"네에."

엄마가 내가 탄 쪽 문을 열려고 했다.

"에이 씨."

영선 씨 목소리가 높아졌다. 모든 창문을 열었다.

"급해요. 비켜!"

엄마 아빠가 멈칫하며 뒤로 물러났다. 그리고 마티즈는 전속력으로 응급실을 향해 달렸다.

"수림아, 너희 집에 또 무슨 큰일 있니?"

박사님이 물었다.

"더 큰일이 있겠어요."

"아니야, 뭔가 이상해. 니 아빠가 갑자기 나한테 팍 숙이고 들어오질 않나, 택배 물류 창고 일을 하겠다고 하질 않나. 니네 엄마도 딴사람 같아."

가슴이 조마조마했다. 순례 씨가 다친 것도, 작전이 들통나는 것도.

순례 씨는 다행히 골절이 아니었다. 인대가 늘어나 있었다. 반 깁스를 하고 집으로 돌아왔다. 그리고 눈치를 챘다. 길동 씨 부부와 내가 꼼수를 부렸다는 걸. 순례 씨는 고수 홍길동 대신 아저씨를 구슬려 작전을 알아냈다. 길동 씨와 나는 무지막지하게 혼이 났다.

"언니, 수림 엄마 말이야, 처음엔 뭐 언니한테 잘 보이려고 순례 주택에 욕심나서 시작한 일이지만, 지금은 그 사람이 정말 변했어. 수림아, 너한테도 잘하지?"

"네에."

나는 공범으로서 길동 씨 편을 들 수밖에 없었다.

"거봐. 수림이랑 사이도 좋아졌잖아."

길동 씨 말이 맞았다. 아빠는 몰라도 엄마는, 순례 씨 희망대로 온실 밖 세상에 조금씩 적응하고 있었다.

"그래도 잘못한 거야. 그 사람들이 암만 철이 없고 함부로 말한대도, 너희들은 그러면 안 되는 거지. 인격적으로 대한 게 아니라고."

길동 씨와 나는 유구무언이었다. 그리고 다음 날, 순례 씨는 반찬을 만들어 402호로 온 엄마와 나에게 슬그머니 '유산' 얘길 꺼냈다.

"수림 엄마, 내가 삼십 년 전에 이 집 얼마에 산 줄 알아?"

"예?"

"그때 내가 때를 밀어서 말이야, 초등학교 선생님 월급 두 배를 벌었거든. 그 돈 딱 반, 십 년 모아서 샀어."

"예에."

"요즘에 선생님 월급 십 년 모으면, 이 402호만 한 데 전세나 얻을까?"

"예에."

엄마가 침을 꼴깍 삼켰다.

"기분이 안 좋아. 이렇게 벌고 싶진 않았어. 그래서 집세를 많이 안 받는 거야."

"네에, 정말 대단하세요."

"그리고 아들놈은 나하고 좀 사연이 있어. 이 집 상속 포기했지."

"무슨…… 사연이?"

"응. 지 애비 유산을 홀랑 그놈이 받았는데 그 돈이 좀 구린 돈이거든. 구리게 돈 버는 놈이라 이혼했지."

"아……."

엄마는 애써 표정 관리를 하는 것 같았다.

"그래서 이 집은 안 줘. 국경 없는 데로 가네. 내가 죽으면."

"예에, 잘하셨어요. 저도 국경, 경계, 정상, 비정상 그런 게, 이제 싫더라고요."

"그렇지? 마음이 잘 통해. 알고 보니 우리가."

"네에, 저도 여기 와서 살다 보니까 그래요."

엄마 목소리가 바르르 떨렸다.

"그래서 내가 유언장을 다 썼어. 아주 법적으로 완벽하게."

엄마 입술, 팔, 턱…… 아주 많은 것들이 떨렸다.

"수림 엄마, 국경 없는 데다 줬어. 국경없는의사회."

"네?"

"국경없는의사회가 내 상속자야."

나는 차마 엄마 얼굴을 볼 수가 없었다.

"나 잘 했지?"

"어, 잘 했어."

내가 대답했다.

"참, 수림이 너한테도 줄 게 있어."

순례 씨가 자리에서 일어났다. 서랍에서 천주머니에 싼 무언가를 꺼냈다.

"이거 수림이 남겨 주려고. 수림이가 달라고 해서."

엄마가 주머니를 열었다. 주머니에는 줄자가 들어 있었다. 순례 씨가 아끼는 줄자.

"수림이가 이건 꼭 자기한테 물려 달래. 진하가 달라고 조르는데 안 된다고 했어. 우리 수림이 주려고."

엄마 표정이 참혹해졌다. 나는 조금도 통쾌하지 않았다. 순례 씨 말이 맞다. 엄마가 아무리 철이 없어도 나는 인격적으로 대해야 했다. 나는 내 인생의 순례자니까. 관광객이 아니라.

18

이사한 지 두 달이 넘었다. 엄마는 '국경없는의사회'를 '햇빛'만큼 증오하진 않았다. 순례 주택 상속녀가 아니라 줄자 상속녀라는 게 밝혀졌지만 대놓고 날 구박하지도 않았고. 엄마는 한동안 말수가 적어졌다. 그리고 새벽 김밥 알바를 계속했다.

아빠는 원래의 모습으로 돌아갔다. 박사님이 학교 후배라는 걸 알게 되었지만 따라 하는 흉내도 내지 않았다. 순례 주택 사람들에게 제대로 인사도 하지 않았다. 여전히 전임교수를 꿈꾸며 둘째 고모가 오기를 기다렸다. '시간 강사 지원사업'으로 받은 돈으로 카드 빚을 갚고, 밀린 언니 학원비를 냈다. 순례 씨에겐 보증금 100만 원도 주지 않았다.

오미림은 '서민 세탁' 드라이클리닝 냄새에 절망했다. 행복을 채우는 농도가 아니라나. 장래희망이 좀 더 구체적으로 변했다. '원더 그랜디움에 살면서, 그랜디움 세탁에서 드라이클리닝한 냄새가 안 빠진 옷을 매일 입고 BMW mini를 타고 출근하는 20대'로.

영선 씨는 마주치면 목례만 하던 때로 돌아갔다. 그날 새벽에 함께 병원에 다녀온 일이, 잠시 마법이 풀렸던 시간처럼 느껴졌다.

진하는 더 이상 자잘한 복수를 하지 않았다. 오빠랑 짜고 진하를 속이는 게 미안했다. 오빠가 순례 주택 평화를 위해 뻥친 거라고 진하에게 털어놓았다.

"뻥이라고?"

진하가 고개를 갸우뚱했다.

"서른 살 때 싱글이면 어쩌구, 그거 뻥이야. 오빠가 톡 했었어. 순례 주택의 평화를 위해 뻥치겠다고."

"어유, 오수림."

"어?"

"너 모자라."

"뭐가?"

"너네 엄마가 이사하는 날 장병하한테 '참 인상이 좋구나.' 그랬다고 삥친 거야. 울 엄마한테."

"엉?"

나는 멍해졌다.

"그럼 나머지는?"

"삥이 아닌 거지."

나는 계속 주말 알바를 했다. 매주 7만 원을 벌었다. 용돈을 아껴 쓰고 엄마 생활비를 보태 줄까 생각했는데, 길동 씨가 말렸다.

"너, 뒷주머니 차."

"네?"

"알바비 모아 둬. 방학 때 학원을 다니든, 모아서 독립 자금으로 쓰든. 엄마는 절대 주지 마."

"왜요?"

"니 언니 사교육비로 쓸 거야. 넌 억울해질 거고. 조심해."

길동 씨 예상이 맞았다. 엄마는 내가 돈을 모으고 있는 걸 알고는 좀 빌려 달라고 했다.

"어디다 쓰게?"

"솔직히 말해서, 미림이 수학 그룹 과외를 꼭 해야 돼. 솔직히 말해서, 과외비가 없어. 아이 태양광 사기꾼들! 아, 멍청한 우리 아빠! 나한테 돈을 맡겼어야지."

엄마는 솔직히 말하지 말아야 했다.(생활비로 쓰겠다고 뻥을 쳤으면 순순히 내놓았을 거다.) 나는 뚜껑이 열렸고 할아버지 장부를 열어서 붙으려다가…… 말았다. 홧김에 패를 까는 건 후회할 일 같아서. 나는 모아 둔 돈을 순례 씨에게 맡겼다.

"니 통장에 넣었다."

순례 씨가 「김씨네 편의점」을 보며 말했다. 「김씨네 편의점」은 앤 시리즈를 세 번이나 정주행한 순례 씨가 최근에 보기 시작한 거다.

"세상에 내 통장이 어딨어."

내 전 재산은 55만 원. 고모가 준 용돈, 그리고 알바비에서 용돈과 책값을 쓴 나머지를 모은 거다.

"있어."

"뭐?"

"우리 집에 놀러 온 손님들이 너 뭐 사 주라고 준 돈, 너한테 준 용돈 다 모아 놓은 거. 꽤 된다."

충격적이었다. 출생의 비밀은 없지만 재산상의 비밀은 있었던 거다.

"얼마나?"

"3백만 원쯤."

"헐."

나에겐 약 3백만 원이 있다. 1군들 전 재산은 마이너스 3백이 넘는다.

"충격받았어?"

"응."

"고구마나 먹어."

"어."

가을이 되면 순례 씨 집엔 발송인이 '홍길동'이라고 되어 있는 고구마 상자가 온다. 쌀도 온다. 길동 씨가 자기를 '홍길동'이라고 불러 달라고 말하기 전부터. 순례 씨는 '홍길동'이 적힌 택배 송장을 받자마자 떼서 버린다. 고구마는 엄청 맛있다.

"순례 씨, 이 홍길동이 그 홍길동이야?"

"아니. 걔는 이군자 본명 쓰지."

"이 홍길동은?"

"홍길동을 빙자한 다른 사람."

"참."

홍길동 고구마는 크지만 입에 걸리는 심이 없다. 목이 메지 않는다.

"올해는 왜 홍길동 고구마 옥탑방에 안 둬?"

"어, 니네 식구가 먹을까 봐."

"언제는 라면 펴 가게 둔다더니. 왜."

"그게 말이야, 그 고구마가 좀 특이한데, 1군들이 고구마를 보고 홍길동이 누군지 알면 안 되거든."

"누군데?"

"네 큰고모."

순례 씨는 그제야 털어놓았다. 큰고모가 순례 씨가 날 키우던 때부터 해마다 고구마를 보낸다는 걸. 추수를 하면 쌀 20킬로그램도 보낸다는 걸. 큰고모 부탁으로 홍길동의 정체를 엄마 아빠에게 알릴 수 없었다는 것도.

"고구마 한 상자가 얼마나 무거워. 근데 열무 삼십 단을 머리에 이었다잖아."

"누가?"

"시인 엄마."

"아, 말 돌리지 말고. 나한테 말 안 한 게 또 뭐야. 무슨 비밀이 그렇게 많아."

"내가 시 읽어 줄까?"

"아, 시는 됐고, 나한테 말 안 한 게 뭔지 알려 달라니까."

"수림아, 말하지 않는 것도 사랑이야. 내 사랑을 받아 줘."

순례 씨는 나에게 고구마를 내밀었다. '말하지 않는 것도 사랑'이라는 말이 마음을 툭 쳤다. 나는 고구마를 받았다. 더 이상 묻지 않았다. 순례 씨와 나란히 「김씨네 편의점」을 봤다. 순례 씨가 슬그머니 국어 교과서를 가져왔다. 그러고는 시를 읽기 시작했다.

떨어져도 튀는 공처럼*

정현종

그래 살아 봐야지
너도 나도 공이 되어
떨어져도 튀는 공이 되어

살아 봐야지

쓰러지는 법이 없는 둥근

공처럼, 탄력의 나라의

왕자처럼

가볍게 떠올라야지

곧 움직일 준비 되어 있는 꼴

둥근 공이 되어

옳지 최선의 꼴

지금의 네 모습처럼

떨어져도 튀어 오르는 공

쓰러지는 법이 없는 공이 되어.

"수림아."

"왜."

"이 시가 내 인생 같아."

---

* 출처. 정현종, 「떨어져도 튀는 공처럼」, 『떨어져도 튀는 공처럼』(1994, 문학과지성사)

"응."

"이 시를 읽어 봐. 그럼 너한테 다 말한 셈이야."

순례 씨가 시처럼 알쏭달쏭한 말을 했다. 고구마와 「김씨네 편의점」과 시, 오래도록 그 순간을 잊지 못할 것 같았다.

병하 오빠는 앞머리 자르기, 갈라진 머리끝 다듬기 실습을 시작했다. 나, 원장님, 길동 씨, 아저씨, 순례 씨가 대상이 되어 주었다. 진하는 끝내 거부했다. 오빠 솜씨는 썩 괜찮았다. 엄마도 오빠 솜씨를 꽤 맘에 들어 했다. 커트 비용을 아낄 수 있는 것도. 오빠한테 부탁해서 본인 머리도 다듬었다. 나는 "공짜잖아. 오빠한테 인상 좋다고 한 번만 말해. 원장님 있을 때." 하고 말해 달라고 졸랐다.

"아드님이 솜씨도 좋고, 인상도 좋네요."

엄마가 원장님 앞에서 말했다. 오빠가 가위질을 하다 멈칫했다.

2019년 10월 11일, 아비 아머드 알리 에티오피아 총리가 노벨평화상을 탔다. 툰베리가 받기를 기대했던 진하와 순례 씨는 아쉬워했다. 그리고 엄마 아빠는 결혼 십칠 년 만에 첫 부부싸움을 했다.

“야, 오민택. 한 번만 더 양말 아무 데나 벗어 놓으면, 나 이제 빨래 안 해!”

“어, 너 지금 반말하니? 서로에 대한 존중을 잊었어?”

오미림이 삐죽삐죽 울었다. 그렇게 싸우면 자기 정서가 불안해져서 공부가 안 된다고. 그래도 싸움은 잦아들지 않았다. 신선했다. 타인이 아닌 서로를 공격할 수 있는 엄마 아빠가. 우리 집의 낯선 불화가, 십육 년을 헤매다 찾은 줄자 끄트머리처럼, 나는 눈물 나게 반가웠다. (*)

작가의 말

우리 할머니 이름은 선군이다. 신선 선(仙), 임금 군(君). 크고 멋졌다.

내 이름은 은실이다. 언덕 은(垠), 열매 실(實). "니네 언니 이름은 금실이냐?"고 묻는 게 싫었다. 우리 언니 이름은 은경이다. '금실'을 떠올리는 촌스러운 이름이 마음에 들지 않았다. 할머니에게 불만을 얘기했다가

"없는 형편에 돈 주고 지은 이름이다!"

하고 꾸중을 들은 기억이 난다. 내 사주에는 '이름을 떨치는 복'과 '단명할 위험'이 담겨 있다. 垠實은 '단명할 위험'을 줄이기 위해 어느 명리학자가 작명한 거다. 나는 썩 마음에 들지 않는 이름으로, 필명을 따로 짓지도 않고, 사십팔 년째

살고 있다. 사주를 믿어서가 아니다. 건강하게 오래 살기 바라는 부모님 마음이 담긴 이름이기 때문이다.

내가 초등학생이 되었을 때, 가족은 모두 기독교인이 되었다. 선군, 신선과 임금…… 교회에서 배운 '순례자'의 이름으로 잘 어울렸다. 세상 욕심 훌훌 털어 버린, 초월적인 세계를 꿈꾸는 존재 – 순례자.

하지만 할머니는 좀처럼 순례자 같지 않았다. 시장에서 물건값을 깎고 시래기를 얻을 때면, 어린 나는 기둥 뒤에 숨곤 했다. 가게 바닥에 떨어져 있던 '시래기'는 '쓰레기' 같았다. 우악스러운 할머니가 창피했다.

"시래기 줍는 거 안 하면 안 돼?"

하고 말했다가

"이놈의 계집애. 시래기는 니가 제일 잘 처먹어!"

하고 욕먹은 기억이 난다.

그런 할머니가 정말 신선처럼 변하는 순간이 있었다. 「저 높은 곳을 향하여」라는 찬송가를 부를 때였다.

괴롬과 죄가 있는 곳…… 나 비록 여기 살아도…… 빛

나고 높은 저곳을…… 날마다 바라봅니다.

할머니뿐이 아니었다. 닭목을 비틀어 죽이고, 그슬린 개 머리를 맨손으로 잡아 보신탕을 끓이던 동네 할머니들이 그 순간만은 '빛나고 높은 저곳을' 꿈꾸는 얼굴이 되었다. 물동이를 머리에 인 어린 할머니, 아이를 업고 부르튼 발로 피난을 가는 젊은 할머니, 시래기 포대를 진 할머니……. 할머니들에게 들은 이야기 속 모습이 줄줄이 꿰어지면서 초월을 향해 가는 순례자들처럼 느껴졌다.

이제 모두 '빛나고 높은 저곳'으로 가신 할머니들이 그립다. 크고 작은 어려움이 있을 때, 잠이 오지 않을 때, 무심히 설거지를 할 때…… 나는 할머니들처럼 그 순례자의 노래를 부른다.

독자들과 만나는 자리에서

"그동안 쓴 작품 속 인물 중에, 가장 마음에 드는 이름이 뭔가요?"

하는 질문을 받곤 했다. '가장 마음에 드는 이름'을 콕 집어 말할 수가 없었다. 이젠 할 수 있다. 가장 마음에 드는 이름은 '김순례'다. '순례(巡禮)'라는 이름이 가진 자유가 좋다. 삶에서 닥치는 어려움을 '실패'보다는 '경험'으로 여길 수 있는, 부와 명예를 위해 발버둥 치지 않아도 될 것 같은, '괴롬과 죄가 있는 곳'에서도 '빛나고 높은 저곳'을 바라볼 수 있는 아름다운 이름, 순례.

코로나19로 어려웠던 2020년, 오랫동안 아껴 온 이름을 꺼내 『순례 주택』을 썼다. 기성세대가 망가뜨린 지구별에서 함께 어려움을 겪는 어린 순례자들에게 미안하다. 살고 있는 집의 가격이나 브랜드로 사람을 구별 지으려는 어른들의 모습은, 어린 순례자들의 눈과 귀를 가리고 싶을 만큼 부끄럽다.

어린 순례자들에게 순례 주택이 알베르게 같은 곳이 되었으면 좋겠다. 산티아고 순례길 어느 작은 마을, 지친 몸과 마음을 녹인 알베르게 같은 글로 기억될 수 있다면, 더할 나위 없이 기쁘겠다.

서른두 살에 첫 책을 내고 어느새 십육 년이 흘렀다. 수림이가 살아온 시간만큼 작가로 살았다. 가만히 창밖을 보며 그동안 만난 독자들이 지금쯤 얼마나 자랐을까 상상하곤 한다. 수림이는 그들을 떠올리며 만든 인물이다. 수림이처럼 늠름한 모습을 보여 준 나의 어린 순례 동료들에게 감사를 전한다.

유은실

1판 1쇄 펴냄 2021년 3월 5일

1판 29쇄 펴냄 2024년 10월 29일

지은이 유은실

펴낸이 박상희

편집 박지은

디자인 최지은

펴낸곳 (주)비룡소

출판등록 1994년 3월 17일 제16-849호

주소 06027) 서울시 강남구 도산대로 1길 62 강남출판문화센터 4층 비룡소

전화 02)515-2000 **팩스** 02)515-2007

홈페이지 www.bir.co.kr

제품명 어린이용 각양장 도서 **제조자명** (주)비룡소 **제조국명** 대한민국 **사용연령** 3세 이상

ISBN 978-89-491-2349-3 44800 / 978-89-491-2053-9(세트)

*이 책에 등장하는 중학교 1학년 1학기 교과서는 창비 「중학교 국어」를 참고했습니다.

*이 책에 실린 시 「떨어져도 튀는 공처럼」은 (주)문학과지성사를 통해 저작권자의 동의를 얻어 사용했습니다.

| 블루픽션 시리즈

1. 스켈리그 데이비드 알몬드 글/ 김연수 옮김
안데르센 상, 엘리너 파전 문학상, 카네기 상, 휘트브레드 상, 마이클 L.프린츠 상,
어린이도서연구회 권장 도서, 책교실 권장 도서, 중앙독서교육 추천 도서

2. 운하의 소녀 티에리 르냉 글/ 조현실 옮김
소르시에르 상, 어린이도서연구회 권장 도서

4. 0에서 10까지 사랑의 편지 수지 모건스턴 글/ 이정임 옮김
밀드레드 L. 배첼더 상, 어린이도서연구회 권장 도서

5. 희망의 섬 78번지 우리 오를레브 글/ 유혜경 옮김
안데르센 상 수상 작가, 밀드레드 L. 배첼더 상, 머더카이 상, 아침햇살 선정 좋은 어린이 책,
중앙독서교육 추천 도서, 책교실 권장 도서, 책따세 추천 도서

6. 뤽스 극장의 연인 자닌 테송 글/ 조현실 옮김
프랑스 '올해의 청소년 책', 소르시에르 상, 어린이도서연구회 권장 도서, 열린 어린이가 뽑은 좋은 책

7. 시인 X 엘리자베스 아체베도 글/ 황유원 옮김
카네기상, 내셔널 북 어워드, 마이클 L. 프린츠 상, 보스턴 글로브 혼 북 상, 골든 카이트 어워드,
아침독서 추천 도서

9. 이매지너리 프렌드 매튜 딕스 글/ 정회성 옮김

10. 초콜릿 전쟁 로버트 코마이어 글/ 안인희 옮김
미국 도서관 협회 선정 도서, 뉴욕타임스 선정 도서, 어린이도서연구회 권장 도서

11. 전갈의 아이 낸시 파머 글/ 백영미 옮김
뉴베리 상, 국제 도서 협회 선정 도서, 마이클 L. 프린츠 상, 책교실 권장 도서, 어린이도서연구회 권장 도서

13. 나의 산에서 진 C. 조지 글/ 김원구 옮김
뉴베리 상, 미국 도서관 협회 선정 도서, 어린이도서연구회 권장 도서,
열린 어린이가 뽑은 좋은 책, 책교실 권장 도서

15. 우리 형은 제시카 존 보인 글/ 정회성 옮김
줏대있는 어린이 추천 도서

17. 푸른 황무지 데이비드 알몬드 글/ 김연수 옮김
안데르센 상, 엘리너 파전 문학상, 스마티즈 상, 마이클 L.프린츠 상, 어린이도서연구회 권장 도서

18. 킬리만자로에서, 안녕 이옥수 글
학교도서관저널 추천 도서

20. 기억 전달자 로이스 로리 글/ 장은수 옮김
뉴베리 상, 보스턴 글로브 혼 북 명예상, 어린이도서연구회 권장 도서,
열린 어린이가 뽑은 좋은 책, 교보문고 추천 도서

22. 내 인생의 스프링캠프 정유정 글
세계청소년문학상, 문화관광부 교양 도서, 어린이도서연구회 권장 도서,
교보문고 추천 도서, 학도넷 추천 도서

23. 줄무늬 파자마를 입은 소년 존 보인 글/ 정회성 옮김
아일랜드 '오늘의 책', 행복한 아침독서 추천 도서, 교보문고 추천 도서

25. 파랑 채집가 로이스 로리 글/ 김옥수 옮김
어린이도서연구회 권장 도서

26. 하이킹 걸즈 김혜정 글
블루픽션상, 한국문화예술위원회 우수문학도서, 책따세 추천 도서, 학도넷 추천 도서

27. 지구 아이 최현주 글
제11회 블루픽션상 수상작

28. 나는 브라질로 간다 한정기 글
황금도깨비상 수상 작가, 소년조선일보 추천 도서, 중앙일보 추천 도서

29. 키싱 마이 라이프 이옥수 글
한국문화예술위원회 우수문학도서, 어린이도서연구회 권장 도서, 교보문고 추천 도서,
전국독서새물결모임 추천 도서, 학교도서관저널 추천 도서

30. 꼴찌들이 떴다! 양호문 글
블루픽션상, 행복한 아침독서 추천 도서, 교보문고 추천 도서, 책따세 추천 도서,
경기도학교도서관사서협의회 추천 도서, 중앙일보 북클럽 추천 도서

31. 우연한 빵집 김혜연 글
문학나눔 선정 도서, 학교도서관저널 추천 도서, 책따세 추천 도서, 아침독서 추천 도서,
어린이도서연구회 추천 도서

32. 생쥐와 인간 존 스타인벡 글/ 정영목 옮김
미국 도서관 협회 선정 도서, 국립어린이청소년도서관 추천 도서

33. 두 개의 달 위를 걷다 샤론 크리치 글/ 김영진 옮김
뉴베리 상, 미국 어린이 도서상, 스마티즈 북 상, 영국독서협회 상 수상작,
경기도학교도서관사서협의회 추천 도서, 학도넷 추천 도서

34. 침묵의 카드 게임 E. L. 코닉스버그 글/ 햇살과나무꾼 옮김
스쿨 라이브러리 저널 선정 최고의 책, 에드거 앨런 포 상 노미네이트,
경기도학교도서관사서협의회 추천 도서, 아침독서 추천 도서

35. 빅마우스 앤드 어글리걸 조이스 캐럴 오츠 글/ 조영학 옮김
스쿨 라이브러리 저널 선정 최고의 책, 미국 도서관 협회 선정 최고의 청소년 책,
뉴욕 공립 도서관 추천 도서, 학교도서관저널 추천 도서

36. 서쪽 마녀가 죽었다 나시키 가오 글/ 김미란 옮김
소학관 문학상, 일본 아동문학가협회 신인상, 한국간행물윤리위원회 청소년 권장 도서,
어린이도서연구회 권장 도서, 아침독서 추천 도서, 책따세 추천 도서

37. 닌자걸스 김혜정 글

전국학교도서관담당교사모임 추천 도서, 아침독서 추천 도서

38. 첫사랑의 이름 아모스 오즈 글/ 정회성 옮김

안데르센 상, 제브 상

39. 하니와 코코 최상희 글

블루픽션상, 사계절문학상 수상 작가, 학교도서관저널 추천 도서

40. 파랑 치타가 달려간다 박선희 글

제3회 블루픽션상 수상작, 학교도서관저널 추천 도서, 아침독서 추천 도서,
어린이도서연구회 권장 도서, 책따세 추천 도서, 문화체육관광부 우수교양도서

41. 나는, K다 이옥수 글

학교도서관저널 추천 도서

42. 어쩌자고 우린 열일곱 이옥수 글

한국도서관협회 우수문학도서, 학교도서관저널 추천 도서

43. 앉아 있는 악마 김민경 글

44. 최후의 Z 로버트 C. 오브라이언 글/ 이진 옮김

뉴베리 상 수상 작가

46. 줄리엣 클럽 박선희 글

제3회 블루픽션상 수상 작가, 대한출판문화협회 선정 올해의 청소년 도서,
한국도서관협회 선정 우수문학도서

47. 번데기 프로젝트 이제미 글

제4회 블루픽션상 수상작

48. 뚱보가 세상을 지배한다 K.L. 고잉 글/ 정회성 옮김

마이클 L. 프린츠 아너 상

49. 파랑 피 메리 E. 피어슨 글/ 황소연 옮김

미국학교도서관저널, 미국도서관협회 선정 청소년 분야 '최고의 책',
학교도서관저널 추천 도서, 책따세 추천 도서

50. 판타스틱 걸 김혜정 글

제1회 블루픽션상 수상 작가, 대한출판문화협회 선정 올해의 청소년 도서,
고래가 숨쉬는 도서관 선정 도서, 한국도서관협회 선정 우수문학도서,
경기도학교도서관사서협의회 추천 도서

51. 어쨌거나 스무 살은 되고 싶지 않아 조우리 글

제12회 블루픽션상 수상작

52. 우리들의 짭조름한 여름날 오채 글

마해송 문학상 수상 작가, 한국도서관협회 선정 우수문학도서, 국립어린이청소년도서관 추천 도서,
경기도학교도서관사서협의회 추천 도서, 2017 순천시 One City One Book 선정 도서

53. 웰컴, 마이 퓨처 양호문 글
제2회 블루픽션상 수상 작가, 대한출판문화협회 선정 올해의 청소년 도서,
경기도학교도서관사서협의회 추천 도서

54. 초록 눈 프리키는 알고 있다 조이스 캐럴 오츠 글/ 부희령 옮김
미국 내셔널북어워드, 오헨리 상 수상 작가, 경기도학교도서관사서협의회 추천 도서,
국립어린이청소년도서관 추천 도서

56. 메신저 로이스 로리 글/ 조영학 옮김
뉴베리 상, 보스턴 글로브 혼 북 명예상 수상 작가, 경기도학교도서관사서협의회 추천 도서

59. 고백은 없다 로버트 코마이어 글/ 조영학 옮김
전미 도서관 협회 선정 청소년을 위한 최고의 책,
퍼블리셔스 위클리 선정 최고의 책, 북리스트 편집자의 선택

61. 개 같은 날은 없다 이옥수 글
2013 서울 관악의 책 , 목포시립도서관 추천 도서 , 울산남부도서관 올해의 책,
책따세 추천 도서, 한국간행물윤리위원회 청소년 권장 도서, 한국도서관협회 우수문학도서,
국립어린이청소년도서관 추천 도서

63. 명탐정의 아들 최상희 글
제5회 블루픽션상 수상 작가, 문화체육관광부 우수교양도서

64. 갈까마귀의 여름 데이비드 알몬드 글/ 정회성 옮김
안데르센 상, 엘리너 파전 문학상, 카네기 상, 휘트브레드 상 수상 작가

65. 파랑의 기억 메리 E. 피어슨 글/ 황소연 옮김

67. 하필이면 왕눈이 아저씨 앤 파인 글/ 햇살과나무꾼 옮김
카네기 메달, 가디언 어린이 픽션 상

68. 반드시 다시 돌아온다 박하령 글
제10회 블루픽션상 수상작, 학교도서관저널 추천 도서, 세종도서 문학나눔 선정 도서

69. 원더랜드 대모험 이진 글
제6회 블루픽션상 수상작, 국립어린이청소년도서관 추천 도서, 아침독서 추천 도서

70. 나는 일어나, 날개를 펴고, 날아올랐다 조이스 캐럴 오츠 글/ 황소연 옮김
미국 내셔널북어워드, 오헨리 상 수상 작가

71. 칸트의 집 최상희 글
제5회 블루픽션상 수상 작가, 아침독서 추천 도서, 세종도서 문학나눔 선정 도서

72. 태양의 아들 로이스 로리 글/ 조영학 옮김
뉴베리 상, 보스턴 글로브 혼 북 명예상 수상 작가

73. 마법의 꽃 정연철 글
푸른문학상 수상 작가, 세종도서 문학나눔 선정 도서, 학교도서관저널 추천 도서

74. 파라나 이옥수 글

학교도서관저널 추천 도서, 사계절문학상 수상 작가, 책따세 추천 도서, 국립어린이청소년도서관 추천 도서, 세종도서 문학나눔 선정 도서, 아침독서 추천 도서

75. 그 여름, 트라이앵글 오채 글

마해송 문학상 수상 작가, 국립어린이청소년도서관 추천 도서, 아침독서 추천 도서

76. 밀레니얼 칠드런 장은선 글

제8회 블루픽션상 수상작, 학교도서관저널 추천 도서, 아침독서 추천 도서

77. 아르주만드 뷰티 살롱 이진 글

블루픽션상 수상작가, 한국출판문화진흥원 우수 콘텐츠 제작 지원 당선작

78. 굿바이 조선 김소연 글

80. 당첨되셨습니다 – SF 앤솔러지 길상효 오정연 전혜진 정재은 홍준영 곽유진 홍지운 이지은 이루카 이하루 글

81. 순례 주택 유은실 글

2021 중구민 한 책 선정, 2022 광주시 동구 올해의 책, 2022 미추홀구의 책,
2022 양주시 올해의 책, 2022 원 북 원 부산 올해의 책, 2022 원 북 원 포항 올해의 책,
2022 원주시 한 도시 한 책 읽기 선정 도서, 2022 익산시 올해의 책,
2022 전남도립도서관 올해의 책, 2022 전주시 올해의 책, 2022 평택시 올해의 책,
국립어린이청소년도서관 추천 도서, 문학나눔 우수문학 도서,
서울시 교육청 어린이도서관 추천 도서, 아침독서 추천 도서, 2022 대구 올해의 책,
2023 청주, 구미, 금산군 올해의 책, 2024 음성군, 수원시, 제주시 올해의 책

82. 녀석의 깃털 윤해연 글

학교도서관저널 추천 도서, 문학나눔 우수문학 도서

83. 모두의 연수 김려령 글

2023년 올해의 청소년 교양 도서, 문학나눔 우수문학 도서, 학교도서관저널 추천 도서,
아침독서 추천 도서, 어린이도서연구회 추천 도서

84. 최초의 아이 로이스 로리 글/ 강나은 옮김

뉴베리 상, 보스턴 글로브 혼 북 명예상 수상 작가

85. 남극 펭귄 생포 작전 허관 글

⊙ 계속 출간됩니다.